中华人民共和国成立70周年优秀文学作品精选

诗歌卷

主编 李少君 张德明

北京出版集团公司
北京十月文艺出版社

出版说明

习近平总书记在中国文联十大、中国作协九大开幕式上的讲话中指出："一个时代有一个时代的文艺，一个时代有一个时代的精神。任何一个时代的经典文艺作品，都是那个时代社会生活和精神的写照，都具有那个时代的烙印和特征。"为庆祝中华人民共和国成立70周年，展现我国70年来文学事业的光辉成就，回顾我国当代文学发展的历史道路，北京十月文艺出版社特编辑出版《中华人民共和国成立70周年优秀文学作品精选》。检视中华人民共和国成立70周年以来的经典文学作品，汇集成卷，既是为中国当代文学的70年立一历史存照，也便于我们的文学工作者和广大读者从中萃取精华、汲取能量，不忘本来、继往开来，使文学成为新时代实现中华民族伟大复兴的重要精神力量。

《中华人民共和国成立70周年优秀文学作品精选》按文学体裁分为8种12卷，各分卷主编为"中篇小说卷"洪治纲，"短篇小说卷"贺绍俊，"报告文学卷"李朝全，"散文卷"王必胜，"诗歌卷"李少君、张德明，"儿童文学卷"李东华，"戏剧卷"傅谨，"文学评论卷"白烨。编选工作坚持"二为"方向，贯彻"双百"方针，从当代文学发展的实际出发，兼顾不同题材、不同创作风格、不同地区（包括港澳台）

和不同作家的作品，力求全面准确地反映中华人民共和国成立70周年来文学发展的风貌。

本次编辑工作，我们秉承尊重作品原貌的原则，对于旧版中明显的讹误之处均予以更正，以弥补缺憾；但各部作品因创作年代、作者风格、地域特点等不同，在相关词语用法、儿化音表达方面也存在一定差异，本次编辑处理未作统一，力求最大程度上保持作品的本来面貌。相较于中国当代文学70年来的厚重博大、成就斐然，本套丛书的编辑出版囿于规模及篇目有限，尽管各卷主编在遴选过程中编选的作品均是经过时代淬炼与读者检验的文学佳作，但也难免有遗珠之憾。在编辑出版过程中，我们得到了作者、作者亲属及有关专家学者的大力支持与帮助，在此一并谨致谢意。因部分作品年代久远，我们未能取得相关作者及版权继承人的联系方式及授权，提前收录作品尚希见宥。本书出版后，我们将继续开展联系工作。如作者及版权继承人得知信息，也请及时与我们联系。再次致意。

北京十月文艺出版社

2019年8月1日

目　录 Contents

共和国诗歌70年：多元探索，砥砺前行

张德明

我的祖国
今天
在你新生的这神圣的时间
全地球都在向你敬礼
全宇宙都在向你祝贺

这充满激情的诗句，出自胡风那首被称为“开国的绝唱”的长篇政治抒情诗——《时间开始了》，发表时间为1949年11月。被中华人民共和国成立的喜讯所鼓舞，感受到时代脉搏的激烈跳动，诗人胡风在当时的日记中这样写道：“两个月来，心里面的一股音乐，发出了最强音，达到了甜美的高峰。”《时间开始了》正是其内心淌流的这股音乐凝聚成的诗化文字。在这首诗里，“时间”所包孕的深意无疑是多重的，繁复的。从社会政治学的角度说，它象征着中华人民共和国纪元的开始；从美学的角度上说，它也意味着新的抒情方式的开端。从1949年到而今的2019年，中华人民共和国走过了70载风云岁月，共和国诗歌也有着70年来不断探索、砥砺前行的美学历程，既有令人骄傲的辉煌艺术成就，

也有探索和尝试中的坎坷与曲折，值得我们深情地回眸与理性地反思。

中国新诗是中国文学和文化追求现代化的产物，现代性追求也就顺理成章地构成了中国新诗原发性的一种艺术诉求，也自然形成了百年新诗极为显在的精神内核。追求现代性，也是共和国70年来不同时期的诗人们始终坚守的一种美学目标。从文学语言的选择上看，中国新诗启用了现代汉语（白话）作为表意体系，这种语言形态来自人们日常口语的书面化赋型，从而与怀揣启蒙理想的新文化先驱者追求的“言文一致”表达理念一拍即合，构成了新诗现代性呈现的语言学表征。新诗发生之期，不少守成者曾讥讽白话诗人使用的语言乃“引车卖浆者”之语，透着粗俗肤浅的调子。殊不知，正因为现代白话与普通百姓的日常口语息息相关，因此保留着浓厚的生活气息和原生态的存在样貌，以现代白话作为基本的语言谱系的中国新诗，从而能更为真切地录述着现实生活的样貌，有效地复现了现代人的精神影像，真实呈现了现代人敏锐而多变的心灵踪迹，这种语言体系，自然就赋予了新诗在艺术表达上的现代性特征。

在20世纪50—60年代，无论是贺敬之、郭小川等人的政治抒情诗，还是闻捷等人的生活抒情诗，以及“石油诗人”李季、“森林诗人”傅仇等人的行业抒情诗，都是从不同层面对新中国语境下人们现代生活情态的艺术描画，体现出鲜明的现代性色彩。臧克家《有的人——纪念鲁迅有感》、艾青《一个黑人姑娘在歌唱》、贺敬之《三门峡——梳妆台》、郭小川《向困难进军》、闻捷《吐鲁番情感》、蔡其矫《雾中汉水》《川江号子》等等，都是这一时期出现的具有一定艺术质量、凸显出鲜明现代性气质的优秀诗歌。“呵！桂林的山来漓江的水——/祖国的笑容这样美！”（贺敬之《桂林山水歌》）“……苹果树下那个小伙子，/你不要、不要再唱歌；/姑娘踏着草坪过来了，/她的笑容里藏着什么？……/说出那句真心的话吧！/种下的爱情已该收获。”（闻捷《苹果树下》）“我们满怀热情，/大声地告诉负重的道路：/——我们要让中国用自己的汽车走路，/我们要把中国架上汽车，/开足马力，掌稳方向盘，/一日千里、一日千里地飞奔……”（邵燕祥《中国的道路呼唤着汽车》）“在青春的世界里/沙粒要变成珍珠/石头要化做黄金；/青春的所有者/也不能总在高山麓、溪水旁/谈情话、看流云，/青春的魅力/应当叫枯枝长出鲜果/沙漠布满森林”（郭小川《闪耀吧，青春的火光》），读着这些诗句，我们就能触摸到那个时代怦怦跳动的脉搏，那里有充沛的生活激情，有高远的革命梦想，还有热火朝天的社会主义建设，诗人们用艺术的笔触真切地描画、记录了这一切，从那现代生活的如实描述、现代情感的热烈抒发、现代人精神世界的有力彰显中，我们领悟到了共和国诗歌在新中国成立初期所呈现出的独具特色的现代性内涵。

改革开放以来，从朦胧诗到第三代，再到民间写作和知识分子写作，中国新诗在新的历史语境下迎来了“你方唱罢我登场”的繁荣发展机遇，而不同时期的诗人，都从自身对历史与现实加以深入理解的特定角度出发，书写出开放时代民族、国家与个体的精神状况和历史命运，将这个特定时代社会和个人所具有的现代性特征艺术地彰显出来。不久前，由《作家》杂志社牵头组织的“改革开放40年大家记忆中最深刻的40首诗”评选活动中，最终评出的诗作有北岛《回答》、昌耀《慈航》、顾城《一代人》、海子《面朝大海，春暖花开》、穆旦《冬》、牛汉《汗血马》、王家新《帕斯捷尔纳克》、张枣《镜中》、叶延滨《干妈》等等，这些出现在20世纪80—90年代的诗歌作品，都从不同的历史侧面和人文向度凸显了现代性精神。“我在这广大的田野上行走，/我沿着心灵的足迹寻找，/那一切丢失了的，/我都在认真思考。”

（梁小斌《中国，我的钥匙丢了》）“整个玻璃工厂是一只巨大的眼珠，/劳动是其中最黑的部分，/它的白天在事物的核心闪耀。/事物坚持了最初的泪水，/就像鸟在纯光中坚持了阴影。/以黑暗方式收回光芒，然后奉献。/在到处都是玻璃的地方，/玻璃已经不是它自己，而是/一种精神。/就像到处都是空气，空气近乎不存在。”（欧阳江河《玻璃工厂》）“咖啡和真理在他喉中堆积/顾不上清理/舌头变换/晦涩的词藻在房间来回滚动”（翟永明《咖啡馆之歌》），这些分别诞生于70年代末、80年代中期、90年代初的诗歌，带着各自特别的呼吸、心跳和声线，它们是现实的、历史的，同时也是充溢着现代性精神的。

新世纪是新媒体快速发展的时代，也是共和国诗歌充满朝气和希望的历史时期。新世纪以来，年老诗人壮心未已雄风犹在，中年诗人创作技艺日臻化境，年轻诗人也在茁壮成长，当代诗坛而今出现了50后、60后、70后、80后、90后乃至00后六代诗人同台竞技、各显神通的黄金时代。因为有这么多处于不同年龄阶段、有着各自不同的生活阅历与知识背景的诗人，站在不同的历史观察点和人文向度上，来表情达意，述景抒怀，中国当代新诗的现代性精神面影，从而显得繁复而多样，丰富而庞杂。“桃花泛滥，房前屋后风情万种，/每一张脸上都可以挂红。/后来诗歌长满了枝桠，/我这一首掉下来，零落成泥，/回到那条逝去的驿路。”（梁平《龙泉驿》），这是50后诗人对现代地理风情的艺术绘制。“苦命人干脆唱起欢乐的歌/胸腔里，喉咙里/有轰响的泥泞、熊熊的火/这是男人们的豪情在迸发/惊颤旷野的死寂、寒星的梦”（沈苇《小酒馆》），这是60后诗人对底层人抗争命运、乐观向前精神状态的描述。“醒来后却发现手脚瘙痒，可能已长出/错觉的枝桠。因为飞行的座椅/离地大约只有两尺，/算上对远方的种种猜测/其机械的复杂度不超过一只相思的排比句/怎么会使气缸里抽泣的法官发怵”（姜涛

《机场高速》），这是70后诗人对现代出行的精彩记录，字句中袒露出丰富的现代感知。“很多人沉睡/我用失眠爱你//很多人笑/我用忧愁爱你//你有一张多么好看的脸/我用一张不好看的脸爱你//很多人成功了/我用失败爱你”（杨庆祥《思无邪》），这是80后诗人对现代爱情的个性化理解与表达。还有更多更年轻的90后、00后诗人，也都用诗歌各自写出了属于他们这个年龄段的现代性理解与认知。

总而言之，共和国诗歌70年的发展历程，就是不同时期的诗人在不同的历史语境下，从不同的角度和层面来彰显纷繁复杂的现代社会局面、现代生活情状和现代人的精神历程，现代性俨然构成了共和国新诗极为显在的人文内涵和艺术品质。

在新诗主题的表达上，共和国诗歌70年体现为个人性与人民性的双重主题变奏。1949年中华人民共和国的成立，无疑是举世瞩目的重大历史事件，它给诗人们带来的创作激情和精神动力极为强烈，反映新的历史时代社会的发展和人民的幸福构成了那一时期许多诗人的共同主题诉求。诗人艾青将自己在新中国要扮演的角色定位为“人民的歌手”，他说：“在推翻了旧政治之后，人民掌握了政权，这是新社会，这个社会的一切制度，都是从广大人民的利益出发的。人民与政治相一致，政治的目的就是为了人民的福利，政治是人民群众自己的了。文艺家既然是人民的代表，人民意志的歌手，就应该对政治有自己的认识。”田间承认：“我所选择的创作方向，就是为工农兵服务。”他主张新诗与劳动人民的结合：“劳动人民是世界上的主人。人类的命运，也只能由劳动人民来决定。我们的诗，就是劳动者的一面旗帜，它要飘扬，永远飘扬。”在50—60年代，艾青、臧克家、田间等许多成名已久的诗人，都先后创作出了反映新社会生活、体现人民性主题的诗歌作品。这一时期，共和国诗歌界也出现了一些彰显个人性的诗作，如郭小川《望星空》、流沙河《草木篇》、蔡其矫《祈求》、穆旦《智慧之歌》等等。

70年代末到80年代初，以北岛、舒婷、顾城、江河、杨炼等为代表的朦胧诗人，带着“我不相信”（北岛《回答》）的历史反思眼光，来回顾过往、审视当下，创作出了一系列凸显个体意识和主体精神的诗歌作品，如北岛《回答》《雨夜》、舒婷《致橡树》《神女峰》、顾城《一代人》、江河《星星变奏曲》等等。80年代中后期崛起于诗坛的“第三代”诗人，无论是来自于“他们”“非非”，还是“莽汉”“海上”，或者其他诗歌群体，“第三代”诗人们通过各自不同的诗艺探索，使得个人性书写得到了全方位的展示，用艺术的形式精彩呈现了个人内心世界“无穷的差异性和复杂性”。到了90年代和新世纪，“个人化写作”成为新诗创作的历史主潮，当代新诗的个人性主题更其凸显，臧棣、雷平阳、陈先发、胡弦、张执浩、汤养宗、李少君、娜夜、林雪等诗人的诗歌作品，都体现出突出的艺术个性，具有较为鲜明的美学辨识度。臧棣以智趣、理趣为轴带动情趣旋转的智性化表达，雷平阳云南书写的民族志趣味，陈先发注重义理与辞章的桐城遗韵，胡弦精致而优美的江南情绪散逸，李少君语言自然化与诗情自然化相统一、朴质中藏热烈的自然主义情思，张执浩口语述说中的“目击成诗”式的诗意彰显，汤养宗驳杂话语蓄满睿智的诗思演绎，娜夜精微细腻的女性情感袒露，林雪融粗犷与细敏于一体的生命直觉意识，等等，分别构成了这些诗人与众不同的个人化审美符码。可以说，新世纪诗人的主体性不断强化，个人化风格日益凸显，是这一时期值得关注的重要诗学现象。与此同时，新时期以来也出现了不少集中体现人民性的优秀之作，如雷抒雁《小草在歌唱》、赵恺《第五十七个黎明》、叶文福《将军，你不能这样做》、张学梦《现代化和我们自己》、吉狄马加《致马雅可夫斯基》《大河》等等。

当然，在共和国70年的诗歌表达中，个人性与人民性从来不是完全冲突、互不兼容的，始终体现着相互沟通与互为补充的诗学特性。这就意味着，体现出人民性的诗歌，也绝不只是标语口号式的作品，而是打上了诗人个体烙印并侧重于人民性表达的诗作。而中国语境下从来没有出现霍布斯所说的“个人先于社会而存在，个人是本源，社会、国家是个人为了保障自己的某种权利或利益而组成的，除了个人的目的，社会或国家没有任何其他目的”那种极端个人主义，这意味着共和国诗歌中体现出的个人性不可能出现西方意义上的唯我独尊、离经叛道的个人主义，而是包含着集体意识、公共诉求并侧重于个体表达的个人性，是个人性与人民性的某种相融和统一。例如，吉狄马加的《自画像》，不只是给自我人生画像，更是给一个民族的历史发展和精神特质加以诗性写真，很显然，诗中体现的个人化和集体化、个人性与人民性是相融的、一体的。雷平阳的《亲人》，也是具有个人化风格和特色的诗，该诗鲜明凸显出诗人对人间亲情的个人性理解，同时，诗人的亲情理解中也隐含着民族性、时代性的精神内涵。雷抒雁《小草在歌唱》是人民性主题格外突出的诗歌，诗中的很多诗句，如：“风说：忘记她吧！/我已用泥土，/把罪恶埋葬！/雨说：忘记她吧！/我已用泪水，/把耻辱洗光！”“只有小草在歌唱，/在没有星光的夜里，/唱得那么凄凉”等等，都可以说是诗人用个性化声音唱出的含泪的歌。此外，舒婷《祖国啊，我亲爱的祖国》、孙文波《祖国之书，或其他》、肖开愚《向杜甫致敬》等，都是融人民性与个人性于一体的共和国诗歌名篇。

在创作资源的汲取和容纳上，共和国诗歌融汇中西的开放与包容态势也是同样值得称道的。中西融合的资源意识，给新诗的发展与创新带来了取之不尽的源头活水，“中西融合”的创作实践，由此也构成了共和国诗歌艺术探求的重要方面。翻译家、诗人黄灿然著名的《在两大传统的阴影下》一文发表于2000年初的《读书》杂志，在这篇文章中，黄灿然写道："本世纪以来，整个汉语写作都处在两大传统（即中国古典传统和西方现代传统）的阴影下。"这是对20世纪汉语写作所承担的外在压力的确切言说，对于理解中国新诗的生成与发展而言，也是不乏启示意义的。黄灿然告诉我们，中国新诗时刻要面对的文学传统起码有两个，一个是作为中华灿烂文明重要组成部分的古典文学传统，一个是来自异域的西方现代文学传统。事实上，直到今天，中国新诗的写作，都没有从这两大传统的"阴影"中完全摆脱出来。可以说，古典文学传统和西方文学传统，一方面构成了中国新诗"影响的焦虑"之源，是现代诗人在诗歌创作中始终摆脱不了的两大阴影，另一方面又成为了现代诗人必须反复摹习的文学对象，它们为中国新诗的发展与前行提供了源源不断的精神力量。

著名翻译家王佐良先生1983年在《文艺研究》上发表了《中国新诗中的现代主义——一个回顾》的文章，在当代学术界和创作界都产生了极为深远的影响。该文主要阐释了中国现代诗人受西方现代主义诗潮影响而创作的现代主义诗歌，但在文章结尾，王佐良却说："除了大城市节奏、工业性比喻和心理学上的新奇理论之外，西方现代诗里几乎没有任何真正能叫有修养的中国诗人感到吃惊的东西；他们一回顾中国传统诗歌，总觉得许多西方新东西是似曾相识。这足以说明为什么中国诗人能够那样快那样容易地接受现代主义的风格技巧，这也说明了为什么他们能够有所取舍，能够驾驭和改造外来成分，而最终则是他们的中国品质占了上风。戴望舒、艾青、卞之琳、冯至、穆旦——他们一个一个地经历了这样的变化，而在变化的过程里写下了他们最能持久的诗。"这告诉我们，中国现代诗人尽管会不同程度地受到西方诗歌的影响，会大量吸收和借鉴西方诗歌的表达经验和艺术手法，但因为有较为悠久和伟大的古典诗歌传统，中国诗人永远不可能“西方化”，他们诗歌中的“中国品质”最终还将占上风。也就是说，真正优秀的中国现代诗人，都能做到中西兼采，中西融通。王佐良的文章虽然主要谈民国时期的诗歌创作，但对我们认识共和国诗歌仍然有效。回首共和国诗歌70年的历程，不难发现，不少诗人创作的优秀诗作，都程度不同地刻印着古典文学或者西方文学的精神烙印，都与诗人巧妙地“化古”与“化欧”的艺术匠心有关。

50—60年代，贺敬之、郭小川等人在对东欧诗歌传统的学习和继承上，取得了显著的成绩，他们同时又能向中国的民歌传统学习，建构了融合中西的新诗新形态。他们既从马雅可夫斯基等俄国诗人那里学习了艺术呈现高涨的革命情绪和崇高的革命理想的思想表达方法，还有意识地借鉴楼梯体等西方诗歌形式来丰富新诗的形式艺术。与此同时，贺敬之对陕北民歌信天游形式的借鉴、郭小川通过借鉴中国古典的辞赋艺术而创造的“新辞赋体”，构成了共和国新诗向民间文学传统与古典文学传统学习和借鉴的成功范例。这一时期的台湾诗坛，也涌现了余光中、洛夫、痖弦、郑愁予等诸多优秀诗人，他们在融汇古典与西方上做出了许多探索，也取得了极为丰硕的成果，余光中《等你，在雨中》《白玉苦瓜》、洛夫《金龙禅寺》《与李贺共饮》、痖弦《如歌的行板》、郑愁予《错误》、张错《红豆》，既有西方现代主义诗歌的影子，又不失中国古典文化的风姿，这些都是这一时期台港诗歌中出现的巧妙借鉴古典与西方、将中西融为一体的优秀诗篇。改革开放40年来，中国新诗的繁荣和发展，顺应了特定时代开放、多元的历史潮流，在这个开放、包容的文化氛围下，继承古典，学习西方，也构成了许多诗人增强自身修养、提升诗歌技艺的有效途径，从而催生了大量艺术质量优异的诗歌文本。诗评家唐晓渡曾说：“借鉴古典，正如借鉴外国，对以自由、开放为本性的新诗及其发展来说，本是题中应有之义。”这句话从新诗发展的资源汲取来看，无疑是极为精辟的，同时也从某种程度上点明了共和国70年来新诗蓬勃发展的深层原因。

在新诗形式建构上，共和国诗歌以自由体形式为主体，同时也时有现代格律诗出现。中国新诗诞生之期，胡适深感格律规范的古体诗在创作上无法摆脱的局限性，他认为：“形式上的束缚，使精神不能自由表达，使良好的内容不能充分表现。”因此，他积极尝试新诗创作，并将新诗的创作特点概括为“不拘格律，不拘平仄，不拘长短；有什么题目，做什么诗；诗该怎么做，就怎么做”。胡适的这些观点，都出现在他的《谈新诗——八年来一件大事》中。这篇被朱自清誉为中国新诗“创造和批评的金科玉律”的理论文章，对百年来的中国新诗创作起到了重要引导与规范作用。此后，废名《谈新诗》、艾青《诗的散文美》等著作和论文，又进一步强化了胡适“作诗如作文”的创作观念，新诗就是自由诗，已然成为了百年新诗创作中的一种共识。从共和国诗歌70年的发展状况来看，自由体诗歌成为了最为主要的艺术形式，绝大多数诗人所创作的诗歌作品，都没有在格律、节奏等层面上做过多的要求，而是以自由自在地表达内心的情绪与思想所生成的自由诗为基本形态。不过，关于新诗形式的探讨，其实也一直没中断过，主张建构现代格律诗的声音，也一直存在。50年代，一些学者和诗人围绕“新诗发展道路”展开了深入讨论，其中，何其芳《关于现代格律诗》、卞之琳《谈诗歌的格律问题》、林庚《关于新诗形式的问题和建议》、王力《中国格律诗的传统和现代格律诗的问题》等文章，对新诗的格律建设提出了诸多宝贵的建议。新时期以来，吕进、姜耕玉等诗论家，也在现代格律诗建设问题上提出了自己的思考。从创作上看，50—60年代，贺敬之、郭小川等人的部分诗作，可划入现代格律诗的范围。新时期以来，也有诗人在现代格律诗创作上做过努力，如艾青“归来”之后的一些诗作，就体现出了一定的格律化倾向，同时也有部分诗人一直坚持十四行诗创作，如唐湜在90年代出版的《幻美之旅：十四行集》《蓝色的十四行》两部诗集。不过总体来看，共和国70年的诗歌中，占主体地位的还是自由诗，而思想和艺术成就最高的，无疑也是自由诗。

2019年1月14日初稿

2019年2月22日二稿

郭沫若

郊原的青草

郊原的青草呵，你理想的典型！
你是生命，你是和平，你是坚忍。
任人们怎样烧毁你，剪伐你，
你总是生生不息，青了又青。

你不怕艰险，不怕寒冷，
不怕风暴，不怕自我牺牲。
你能飞翔到南极的冻苔原，
你能攀登上世界的屋顶。

你喜欢牛羊们在你身上蹂躏，
你喜欢儿童们在你身上打滚，
你喜欢工人和农民并坐着谈心，
你喜欢年轻的侣伴们歌唱爱情。

你是生命，你也哺育着生命，
你能变化无穷，变成生命的结晶。

你是和平，你也哺育着和平，
你使大地绿化，柔和生命的歌声。

郊原的青草呵，你理想的典型！
你是诗，你是音乐，你是优美的作品，
大地的流泉将永远为你歌颂，
太阳的光辉将永远为你温存。

（原载《草地》1956年7月创刊号）

胡　风

时间开始了·欢乐颂

时间开始了——
毛泽东
他站到了主席台正中间
他站在飘着四面红旗的地球面底
　　　中国地形正前面
他
屹立着像一尊塑像……

掌声和呼声静下来了

这会场
静下来了
好像是风浪停息了的海
　只有微波在动荡而过
　只有微风在吹拂而过
一刹那通到永远——
时间

奔腾在肃穆的呼吸里面

跨过了这肃穆的一刹那
　时间！时间！
　你一跃地站了起来！
毛泽东，他向世界发出了声音
毛泽东，他向时间发出了命令
　　　　　　　　　“进军！！！”

掌声爆发了起来
乐声奔涌了出来
灯光放射了开来
礼炮像大交响乐的鼓声
　　“咚！咚！咚！”地轰响了进来
一瞬间
这会场
化成了一片沸腾的海
一片声浪的海
一片光带的海
一片声浪和光带交错着的
　　　　　欢跃的生命的海

海
沸腾着
它涌着一个最高峰

毛泽东
他屹然地站在那最高峰上
好像他微微俯着身躯
好像他右手握紧拳头
　　　　　　放在前面
好像他双脚踩着一个
　　　　　　巨大的无形的舵盘
好像他在凝视着流到了这里的
　　　　　　　各种各样的河流

毛泽东
他屹然地站在那最高峰上
好像他在向着自己
也就是向着全世界宣布：
　　让带着泥沙的
　　　　　　流到这里来
　　让浮着血污的
　　　　　　流到这里来
　　让沾着尸臭的
　　　　　　流到这里来
　　让千千万万的清流含笑地
　　　　　　流到这里来
　　也让千千万万的浊流含羞地
　　　　　　流到这里来……

我是海
我要大
大到能够
　　　环抱世界
大到能够
　　　流贯永远
我是海
要容纳应该容纳的一切
能澄清应该澄清的一切
我这晶莹无际的碧蓝
永远地
永远地
要用它纯洁的幸福光波
映照在这个大宇宙中间

海在沸腾
毛泽东
他屹然地站在那最高峰上
那不是挥动巨掌
　　　击落着无数飞箭
　　　而奔驰前进的
　火焰似的列宁的姿势
那不是斩掉了一切毒瘤以后
　　　重量和力量的凝合体
　　　泰山石敢当的

钢柱似的斯大林底姿势

毛泽东

列宁、斯大林底这个伟大的学生

他微微俯着身躯

好像正要迈开大步的

神话里的巨人

在紧张地估计着

前面的方向

握得紧紧的右手的拳头

抓住了无数的中国河流

他劝告它们跟着他前进

他命令它们跟着他前进

诗人但丁

当年在地狱门上

写下了一句金言：

“到这里来的，

一切希望都要放弃！”

今天

中国人民底诗人毛泽东

在中国新生的时间大门上面

写下了

但丁没有幸运写下的

使人感到幸福

而不是感到痛苦的句子：

“一切愿意新生的
到这里来吧
最美好最纯洁的希望
在等待着你！”

祖国
伟大的祖国呵
在你忍受苦难的怀抱里
我所分得的微小的屈辱
　　　　和微小的悲痛
也是永世难忘的
但终于到了今天
今天
为了你的新生
我奉上这欢喜的泪
为了你的母爱
我奉上这感激的泪

祖国呵
我的祖国
今天
在你新生的这神圣的时间
全地球都在向你敬礼
全宇宙都在向你祝贺

雷声响起了
轰轰轰地在你头上滚动
雨点打来了
花花花地在你头上飘舞
祖国呵
为了你
全宇宙都在欢唱
这大自然底交响乐
那么雄伟又那么慈和
飘流在这一片生命的海上
我感到了你巨大的心房
　　　　轰响着在激烈地鼓动

梦幻的我的眼睛
朝向了右边一瞥
看见了一个老人底侧脸
他的头发像一蓬秋草
他的胡子钢一样翘着
激动得张开着的嘴巴
　　　　　　忘记了动作
我感到了
他的额头上在冒着热汗
我感到了
在我看不到的他的眼睛里面
　　　　　　在燃烧着火焰

我的战友
我的兄弟
我看见了你！
你在臭湿的牢房垂死过
你在荒野的乡村冻饿过
你和穷苦的农民一道喂过虱子
你和勇敢的战友一道喝过血水
你受过了千锤百炼
你征服了痛苦和死亡
这中间
多少年多少年了
但你的希望活到了今天
但你的意志活到了今天

今天
激动着你的此刻
你忘记了过去的一切罢
但过去的一切
使你纯真得像一个婴儿
仿佛躺在温暖的摇篮里面
洁白的心房充溢着新生的恩惠

我的战友
我的兄弟
这摇撼着雷雨的大交响

抚慰着我
也抚慰着你
它抚慰着了一切

那是催生歌
也是催眠曲
我梦幻的心
　荡漾着一片醉意
越过你的侧脸
飘忽地回到了七月一日的狂风暴雨下面

　　好猛烈的狂风暴雨
　　好甜蜜的狂风暴雨
　　夹着雷声
　　飞着电火
　　倾天覆地而来了
　　被你吹着淋着
　　是三万个战斗的生命
　　是三万粒战斗的原子
　　我们
　　用歌声迎接你
　　用欢笑迎接你
　　用舞蹈迎接你
　　因为
　　只有你这响彻天地的大合奏

只有你这湿透发肤的大洗礼
才能满足这神圣的生日所怀抱的大欢喜

圆形的大会场
像一个浮在太空中间的地球本身
整列在那边缘上的
　　湿透了的无数红旗
飘舞得更响更欢
　　好像在歌唱
飘舞得更红更鲜
　　好像是跳跃着的火焰
被它们照临着的
　三万颗战斗的心
被暴雨洗过
被狂风吹着
也歌唱得更响更欢
也跳跃得更红更鲜

突然
那个克服了艰险的历程
走到了胜利的战列前行的钢人
中断了他的发言
用着只有那么镇定
才能表现他所感到的光荣的声音宣布了：
　　——咱们的毛主席来到！

三万个激动的声音
　　　　欢呼了起来
　　好像从地面飞起的暴雨一片
三万个激动的面孔
　　　　转向了一边
　　好像是被大旋风卷向着一点
三万个激动的心
　　　　拥抱着融合着
汇成了掀播着的不能分割的海面
圆形海面的边缘
整列着
　　湿透了的无数红旗
飘舞得更响更欢
　　　好像在歌唱
飘舞得更红更鲜
　　　好像是跳跃着的火焰
它们歌唱着
　　朝向一点
它们跳跃着
　　朝向一点
三万个战斗的生命
每一个都在心里告诉自己：
　——毛主席，毛主席，他在这里！
　——毛主席，毛主席，他和我们在一起！

他在这里
在他正对着的那一边
矗立着四幅巨像
　　——马克思
　　　　恩格斯
　　　　列宁
　　　　斯大林
劳动人类底四颗伟大的心脏
人类福音底四面神圣的旗子

四幅巨像
　　前面放射着明净的灯光
　　正对着他们天才的学生毛泽东
　　和三万个战斗的生命
　　　　　　　　所汇成的欢乐的海面

四幅巨像
　　背后是无际的天空
黑沉沉的远方
雷声还在隐隐地滚动
电火还在一闪一闪地飞现

四幅巨像
被这大自然底交响乐伴奏着
使我们和大宇宙年轻的生命融合在一起

　　使我们和全地球未完的战斗连结在一起

　　一刹那通到无际……

一刹那通到无际——
今天
毛泽东
他站在这里
头上
轰轰的雷声在滚动
花花的雨声在歌唱
掀播着这声浪和光带交错着的
　　　　　　　又一个生命的海

海
掀播着
涌着一个最高峰
毛泽东
他屹然地站在那里
他背后的地球形上
照临着碧蓝的天空
梦幻的我的眼睛
又看见了
那四幅巨像
矗立着

若隐若现
那碧蓝的亮光中间
好像飞来了雷声底隐隐滚动
好像射来了电火底一闪一闪

毛泽东！毛泽东！
由于你
我们的祖国
我们的人民
感到了大宇宙底永生的呼吸
受到了全地球底战斗的召唤

毛泽东！毛泽东！
你屹然地站在最高峰上
你感到了那个呼吸
你听到了那个召唤
你微微俯着身躯
你坚定地望着前面

前面
　是那个唯一的方向
前面
　是无数河流汇合之点
你两脚踩着无形的巨大的舵盘
你坚定地望着望着

那上面闪现过了什么呢？

闪现过了一个面影：
赤裸着身子
被绑着送向刑场
在英勇地喊着口号么？

闪现过了一个面影：
被装在麻袋里面
抛到了河里
传来了一声水响么？

闪现过了一个面影：
双脚被捆了起来
由烈马倒拖着
奔驰而过么？

闪现过了一个面影：
在草地里陷了下去
儿童的脑袋沉没了
双手还在抓扑么？

闪现过了一个面影：
在雪山边坐了下来
即刻僵冻住了

定在那里永远不动么？

闪现过了一个面影：
为了不让敌人把同伴们发现
用母亲的战栗的手扣住幼儿底咽喉
望着他僵冷下去了么？

闪现过了一个面影：
抱着炸药包
冲到碉堡底下
让身体和它同时粉碎了么？

闪现过了一个面影：
把飞舞的红旗插上了敌人阵地
身里的热血同时喷了出来
在旗杆旁边倒下了么？

一颗挂在电线柱子上的头颅
闪现过了么？
一具倒毙在暗牢角落的尸体
闪现过了么？
一个埋进土里的小半截身子
闪现过了么？
……
……

他们
你的战友
你的兄弟
你的同志
艰险的时候想到你！
忍苦的时候想到你！
受刑的时候想到你！
献命的时候想到你！……

想到了你
也正是想到了
　　今天这样的日子
今天
在祖国新生的温暖怀抱里
他们复活了
他们来了
踏着雄壮的步子
　　　　　　来了
现出欢喜的笑容
　　　　　　来了
亮着温爱的目光
　　　　　　来了
举起健康的手臂
　　　　　　来了
蜂群似的来了

浪潮似的来了
来了来了
来向你欢呼
来向你致敬
来向你祝贺

毛泽东！毛泽东！
中国第一个光荣的布尔塞维克
他们的力量
汇集着活在你的身上
你抓住了无数的河流
他们的意志
汇集着活在你的心里
你挑起了这一部历史
毛泽东！毛泽东！
中国大地最无畏的战士
中国人民最亲爱的儿子
你微微俯着巨人的身躯
你坚定地望着前面
随着你抬起的手势
大自然底交响乐涌出了最高音
全人类底大希望发出了最强光
你镇定地迈开了第一步
你沉着的声音像一响惊雷——

“全人类四分之一的中国人从此站立起来了！”

“中国人从此站立起来了！”

“从此站立起来了！”

（《欢乐颂》天下图书公司1950年3月）

冯　至

我们的西郊

我们的西郊天天在改变，
随时都变出来新的形象。
不久以前，遍地是荒坟，
今天是高楼，晚上灯光明亮。

西郊的妇女多少年来
穿惯了全身补绽的衣裳，
不知什么时候忽然开始
新衣上有这么多新鲜花样。

旧日的西郊公园冷冷清清，
禽兽也在饥饿里死亡，
而今公园里沸腾着欢声，
都来看越南的、印度的大象。

公路一天比一天显出狭窄，
再也容不下来往的车辆，

它向旁边的空地请求分担，
旁边就有一条新的公路生长。

从前有过一个天真的诗人，
要从一朵野花里看见天堂；
一朵野花的确很美好，
但是他的天堂未免太渺茫。

我们却从这天天生长的西郊，
看见了祖国从首都到边疆
在千千万万劳动者的手里
转变成幸福的地上的天堂。

（原载《人民文学》1953年7—8月号）

给亡友

你们带走了
我们共同有过的许多财富：
带走了一个时代的光荣和屈辱，
带走了我们经历过的快乐和痛苦，
带走了青年时代的幼稚和聪明，
带走了中年人的才能和错误。

你们带走了那么多宝贵的事物，

我感到意外的空疏，
时间，我不知怎样运用，
空间，我不知怎样填充。

“我们虽然带走了那么多的事物，
但是有两件东西不能带走：
一件是白昼的光明，
另一件是夜里的阴暗。
光明里的色彩多么赏心耀目，
阴暗里你仍然可以点燃
我们共同享受过的那只蜡烛。”

（原载《诗刊》1987年3月号）

自传

三十年代我否定过我二十年代的诗歌，
五十年代我否定过我四十年代的创作，
六十年代、七十年代把过去的一切都说成错。

八十年代又悔恨否定的事物怎么那么多，
于是又否定了过去的那些否定。
我这一生都像是在“否定”里生活，
纵使否定的否定里也有肯定。

到底应该肯定什么，否定什么？
进入了九十年代，要有些清醒，
才明白，人生最难得到的是“自知之明”。

（原载《诗双月刊•冯至专号》1991年7月）

臧克家

有的人

——纪念鲁迅有感

有的人活着
他已经死了；
有的人死了
他还活着。

有的人
骑在人民头上：“呵，我多伟大！”
有的人
俯下身子给人民当牛马。

有的人
把名字刻入石头想“不朽”；
有的人
情愿作野草，等着地下的火烧。

有的人

他活着别人就不能活；
有的人
他活着为了多数人更好地活。

骑在人民头上的
人民把他摔垮；
给人民作牛马的
人民永远记住他！

把名字刻入石头的，
名字比尸首烂得更早；
只要春风吹到的地方
到处是青青的野草。

他活着别人就不能活的人，
他的下场可以看到；
他活着为了多数人更好地活着的人，
群众把他抬举得很高，很高。

（原载《新民报·萌芽》1949年11月第16号）

在毛主席那里做客

一封信吹起了一阵猛烈的风，
每一颗心像鸣报喜讯的一口洪钟，

这封信，它的分量抵得上千金重，
触动它一下，也要把手放得很轻，很轻，
它来了，它终于来了，
写它的那只大手呵，
写下了多少辉煌的大作，
成了真理的星座
永恒地照耀在人类的上空。
我们彼此小声地议论着
这一件神秘而又重大的事情，
消息却像多嘴的鸟儿，
霎时间飞遍了半个北京城。
你说这可不有点奇怪？这个信封
居然装得下那么多的瑰丽诗篇，
那些气势奔腾的诗句，
装下它们需要一个广大的空间。
《诗刊》呵，你这个尚未出世的婴儿，
一个伟大的兆头已经预言了你远大的前程，
明柱似的诗句一行又一行，
将支起一座神圣美丽的诗的殿堂。
在激情稍稍退潮的时候，
我静静地躺在床上，
仔细地估量着这封来信的意义，
深心里茁出了一个诗意的幻想：
大雪后的景色多么可爱，
眼前不就是“咏雪词”里的世界？

是呀，大自然给人布好了一个诗的意境，
会不会突然接到一封邀请谈诗的函件？
我想起了列宁读了玛耶可夫斯基的诗句，
称他为当代最伟大的天才，
斯大林微笑着倾听高尔基朗诵诗的情景，
又生动活泼地映到我的眼底来，
我会不会也有这样的幸运？
我会不会也有这样的一个时刻？
我虽然是一个渺小的诗人，
骑上幻想却可以任意驰骋，
幻想，这仅仅是一个幻想吗？
这，我还不能这么承认……
日子像连环。下午三点钟。
一个突然而来的电话代替了我幻想的信。
当幻想变成了真实的那一刻，
我几乎又有点不大敢相信。
这宝贵的时刻，
这下午三点钟，
我恰好没有出门，
好像在专候这个召唤的佳音。
坐上汽车还嫌它太慢，
如果是匹马，我一定频频在它背上加鞭，
玻璃窗外的景色我看过了千遍万遍，
今天过路的时候我仿佛第一次看见。
在一个宽敞的厅堂里我们握住了他的手！

这只手，我曾经紧紧地握过，
这只手呵，握它一下，
成为多少人终生的最高心愿。
在这间有名的会客厅里，
他接待过多少贵宾，
多少重大的事件会在这里讨论，
今天呀今天，坐在它光明的一角上，
一个“赢得了新中国的伟大诗人”，
在招待另外两个写诗的人。
我们谈诗，谈百花齐放，……
话题像活泼的小鸟，
它不停留在一棵树枝上，
谈论着庄严重大的事件
像谈说家常，
烟丝杂着笑声，
政治主题也放射着诗的光芒。
他的话，句句是宝石，
吐出口来却是那么轻便，
好像事先并没有想到，
扯起它们只是为了随意聊天。

他的心像海洋，
他的话是轻快的波浪；
把地毯变成了一片草地——
窗外透过来雪后的阳光，

大块玻璃屏风上那银白鸟儿，
倾听我们谈话听得出了神，
高大的四壁，悄悄地站在那里，
替这一席谈话忠实地录音。
你听见过，站在天安门上
他那震动世界的呼声，
闲谈的时光，他的音流像春水溶溶，
解除了我们的拘谨，
使我们觉得，自己是在
和一位密友促膝谈心。
时间只一闪，
快乐有它的极限。
在握手告别的时候，
许多话题突然来撞心胸，
走出这庄严温暖的厅堂，
白皑皑的雪色诗意一般浓。

（原载《诗刊》1957年2月号）

艾　青

礁石

一个浪，一个浪
无休止地扑过来
每一个浪都在它脚下
被打成碎沫、散开……

它的脸上和身上
像刀砍过的一样
但它依然站在那里
含着微笑，看着海洋……

（《海岬上》作家出版社1957年10月）

在智利的海岬上

——给巴勃罗·聂鲁达

让航海女神
守护你的家

她面临大海
仰望苍天
抚手胸前
祈求航行平安

二

你爱海，我也爱海
我们永远航行在海上

一天，一只船沉了
你捡回了救命圈
好像捡回了希望

风浪把你送到海边
你好像海防战士
驻守着这些礁石

你抛下了锚
解下了缆索
回忆你所走过的路
每天瞭望海洋

二

巴勃罗的家
在一个海岬上
窗户的外面
是浩淼的太平洋

一所出奇的房子
全部用岩石砌成
像小小的碉堡
要把武士囚禁

我们走进了
航海者之家
地上铺满了海螺
也许昨晚有海潮

已经残缺了的
木雕的女神
站在客厅的门边
像女仆似的虔诚

阁楼是甲板
栏杆用麻绳穿连
在扶梯的边上

有一个大转盘

这些是你的财产：
古代帆船的模型
褐色的大铁锚
中国的大罗盘
（最早的指南针）
大的地球仪
各式各样的烟斗
和各式各样的钢刀

意大利农民送的手杖
放在进门的地方
它陪伴一个天才
走过了整个世界

米黄色的象牙上
刻着年轻的情人
穿着乡村的服装
带着羞涩的表情
像所有的爱情故事
既古老而又新鲜

手枪已经锈了
战船也不再转动

请斟满葡萄酒
为和平而干杯！

三

房子在地球上
而地球在房子里

壁上挂了一顶白顶的
黑漆遮阳的海员帽子
好像这房子的主人
今天早上才回到家里

我问巴勃罗：
“是水手呢？
还是将军？”
他说：“是将军，
你也一样；
不过，我的船
已失踪了，
沉落了……”

四

你是一个船长？

还是一个海员？
你是一个舰队长？
还是一个水兵？
你是胜利归来的人？
还是战败了逃亡的人？
你是平安的停憩？
还是危险的搁浅？
你是迷失了方向？
还是遇见了暗礁？

都不是，都不是，
这房子的主人
是被枪杀了的洛尔伽的朋友
是受难的西班牙的见证人
是一个退休了的外交官
不是将军。

日日夜夜望着海
听海涛像在浩叹
也像是嘲弄
也像是挑衅

巴勃罗·聂鲁达
面对着万顷波涛
用矿山里带来的语言

向整个旧世界宣战

在客厅门口上面
挂了救命圈
现在船是在岸边
你说：“要是船沉了
我就戴上了它
跳进了海洋。”

方形的街灯
在第二个门口
这样，每个夜晚
你生活在街上

壁炉里火焰上升
今夜，海上喧哗
围着烧旺了的壁炉
从地球的各个角落来的
十几个航行的伙伴
喝着酒，谈着航海的故事

我们来自许多国家
包括许多民族
有着不同的语言
但我们是最好的兄弟

有人站起来
用放大镜
在地图上寻找
没有到过的地方

我们的世界
好像很大
其实很小

在这个世界上
应该生活得好

明天，要是天晴
我想拿铜管的望远镜
向西方瞭望
太平洋的那边
是我的家乡

我爱这个海岬
也爱我的家乡

这儿夜已经很深
初春的夜晚多么迷人

五

在红心木的桌子上
有船长用的铜哨子

拂晓之前，要是哨子响了
我们大家将很快地爬上船缆
张起船帆，向海洋起程
向另一个世纪的港口航行……

（原载《诗刊》1957年1月号）

盼望

一个海员说，
他最喜欢的是起锚所激起的那
一片洁白的浪花……

一个海员说，
最使他高兴的是抛锚所发出的
那一阵铁链的喧哗……

一个盼望出发
一个盼望到达

（原载《解放日报》1979年3月30日）

卞之琳

天安门四重奏

一

万里长城向东向西两边排，
四千里运河叫南通北达；
白骨堆成了一个人去望海，
血汗流成了送帝王看琼花！

前一脚滑开了，后一脚扎牢，
右手冻裂了，左手向前伸；
雪山，太行山，看历史弯腰，
草地上，冰天下，中国在翻身！

二

月洞桥两边垂杨柳，
桥底下翘来月牙船，
船里打鱼人皱眉头，

水田里姑娘眉不展；

红粉女飘零，车站挤，
红粉墙上头炸弹飞，
工人带农民扫飞机，
篱笆开，墙倒，门锁碎！

三

“万里长征走完了第一步”，
天安门汇合了几万万条路，
四万万七千万颗心集中，
五千年历史一气都打通。

五月四日在这里发出芽，
十月一日在这里开成花。
弯腰折背就为了站起来，
排山倒海中笑逐颜开。

本来是人民筑成的封建顶，
人民拿回来标上红星，
华表升起来向飞机招手，
石桥拱起来看汽车像水流。

昨天在背后都为了今天，

今天开出了明天的起点。
天安门开启了东方的光芒，
天安门大开。全世界辉煌！

四

说修桥铺路，一招呼，
千山万水来，唤同志；
挖北海，动几挑泥土，
对沙漠发出了通知！

锅炉里开花，石榴红，
麦浪亮晃晃，电镀金，
燕子飞，个个人轻松，
鱼跳上船头，喜上心！

五

谁想要建设，谁想来破坏，
谁想要和平，谁想要战争，
谁想要幸福，谁想要灾害？
天安门为自己也为别人！

天安门把蓝天当作蓝图样。
天安门飘红旗标志行动！

斗争和创造翻起来一个浪，
中国和全世界联一道长虹。

（原载《新观察》1951年1月10日第2卷第1期）

十三陵远景

皇帝相好了风水，
回朝廷规划了远景：
“叫四山环抱我骨头，
从此排千陵万陵！”

“温榆河是龙脉，坐镇了，
万世江山都不会垮；
死后也得要显威风，
一放水，看百姓变鱼虾！”

人民翻身了圈水，
家家户户来开山，
叫山山有树，树树青，
叫稻香飞过江南！

皇帝说，“还算我有远见，
配了湖，更气象万千”；
想不见十三件小古董

点缀了人民的大花园。

（原载《诗刊》1958年3月号）

午夜遥听街车环行

又来了，又一班街车在环行，
从闹市中心区偏巷一角
又可以听到（集散市嚣）
有如从故宫寂寥的空庭，
有如隔世，从远古至今。
收班车吗首发车？听不分晓。
驾驶员售票员，串连今明朝，
巡航过千万户门外的冷清。

转折呢开端？几些人长开眼？
几些人长相忆重圆的旧梦？
或者忧别久不成悲，悬悬？
啼笑缘未尽，岁月惊回首！
迎明天，就共祷多福少愁，
终点与一个新起点认同！

（原载《诗双月刊》1997年总第32期）

何其芳

回答

一

从什么地方吹来的奇异的风，
吹得我的船帆不停地颤动：
我的心就是这样被鼓动着，
它感到甜蜜，又有一些惊恐。
轻一点吹呵，让我在我的河流里
勇敢地航行，借着你的帮助，
不要猛烈得把我的桅杆吹断，
吹得我在波涛中迷失了道路。

二

有一个字火一样灼热，
我让它在我的唇边变为沉默。
有一种感情海水一样深，
但它又那样狭窄，那样苛刻。

如果我的杯子里不是满满地
盛着纯粹的酒，我怎么能够
用它的名字来献给你呵，
我怎么能够把一滴说为一斗？

三

不，不要期待着酒一样的沉醉！
我的感情只能是另一种类。
它像天空一样广阔，柔和，
没有忌妒，也没有痛苦的眼泪。
唯有共同的美梦，共同的劳动
才能够把人们亲密地联合在一起，
创造出的幸福不只是属于个人，
而是属于巨大的劳动者全体。

四

一个人劳动的时间并没有多少，
鬓间的白发警告着我四十岁的来到。
我身边落下了树叶一样多的日子，
为什么我结出的果实这样稀少？
难道我是一棵不结果实的树？
难道生长在祖国的肥沃的土地上，
我不也是除了风霜的吹打，

还接受过许多雨露，许多阳光？

五

你愿我永远留在人间，不要让
灰暗的老年和死神降临到我的身上。
你说你痴心地倾听着我的歌声，
彻夜失眠，又从它得到力量。
人怎样能够超出自然的限制？
我又用什么来回答你的爱好，
你的鼓励？呵，人是平凡的，
但人又可以升得很高很高！

六

我伟大的祖国，伟大的时代，
多少英雄花一样在春天盛开；
应该有不朽的诗篇来讴歌他们，
让他们的名字流传到千年万载。
我们现在的歌声却那么微茫！
哪里有古代传说中的歌者，
唱完以后，她的歌声的余音
还在梁间缭绕，三日不绝？

七

呵，在我祖国的北方原野上，
我爱那些藏在树林里的小村庄，
收获季节的手车的轮子的转动声，
农民家里的风箱的低声歌唱！
我也爱和树林一样密的工厂，
红色的钢铁像水一样疾奔，
从那震耳欲聋的马达的轰鸣里
我听见了我的祖国的前进！

八

我祖国的疆域是多么广大：
北京飞着雪，广州还开着红花。
我愿意走遍全国，不管我的头
将要枕着哪一块土地睡下。
“那么你为什么这样沉默？
难道为了我们年轻的共和国，
你不应该像鸟一样飞翔，歌唱，
一直到完全唱出你胸脯里的血？”

九

我的翅膀是这样沉重，

像是尘土，又像有什么悲恸，
压得我只能在地上行走，
我也要努力飞腾上天空。
你闪着柔和的光辉的眼睛
望着我，说着无尽的话，
又像殷切地从我期待着什么——
请接受吧，这就是我的回答。

（原载《人民文学》1954年10月号）

海哪里有那样大的力量

海哪里有那样大的力量？
它哪能冲掉人的忧伤？
我去过海边，听过波涛
拍打着海岸像雷一样响。

我也曾把我浸在海水里，
再让日光沐浴着身体。
但我独自躺在沙滩上，
却想到一个童话般的故事：

为什么海水有咸的味，
那是由于美人鱼的泪，
由于她的沉默的爱情

一直不曾被人理会。

尽管海能够把巨舰吞没，
能够叫大山给他让路，
但有些时候人的感情
却比铁石还要坚固。

能够像风一样吹开
人的忧伤的，不是海，
却是陆地上人自己创造的
生活的欢乐、劳动的愉快。

（《何其芳诗稿》上海文艺出版社1979年4月）

穆　旦

智慧之歌

我已走到了幻想底尽头，
这是一片落叶飘零的树林，
每一片叶子标记着一种欢喜，
现在都枯黄地堆积在内心。

有一种欢喜是青春的爱情，
那是遥远天边的灿烂的流星，
有的不知去向，永远消逝了，
有的落在脚前，冰冷而僵硬。

另一种欢喜是喧腾的友谊，
茂盛的花不知道还有秋季，
社会的格局代替了血的沸腾，
生活的冷风把热情铸为实际。

另一种欢喜是迷人的理想，
它使我在荆棘之途走得够远，

为理想而痛苦并不可怕，
可怕的是看它终于成笑谈。

只有痛苦还在，它是日常生活
每天在惩罚自己过去的傲慢，
那绚烂的天空都受到谴责，
还有什么彩色留在这片荒原？

但唯有一棵智慧之树不凋，
我知道它以我的苦汁为营养，
它的碧绿是对我无情的嘲弄，
我咒诅它每一片叶的滋长。

（《穆旦诗全集》中国文学出版社1996年9月）

冥想

一

为什么万物之灵的我们，
遭遇还比不上一棵小树？
今天你摇摇它，优越地微笑，
明天就化为根下的泥土。
为什么由手写出的这些字，
竟比这只手更长久，健壮？

它们会把腐烂的手抛开，
而默默生存在一张破纸上。
因此，我傲然生活了几十年，
仿佛曾做着万物的导演，
实则在它们长久的秩序下
我只当一会小小的演员。

二

把生命的突泉捧在我手里，
我只觉得它来得新鲜，
是浓烈的酒，清新的泡沫
注入我的奔波、劳作、冒险。
仿佛前人从未经临的园地
就要展现在我的面前。
但如今，突然面对着坟墓，
我冷眼向过去稍稍回顾，
只见它曲折灌溉的悲喜
都消失在一片亘古的荒漠，
这才知道我的全部努力
不过完成了普通的生活。

（《穆旦诗全集》中国文学出版社1996年9月）

冬

一

我爱在淡淡的太阳短命的日子，
临窗把喜爱的工作静静做完；
才到下午四点，便又冷又昏黄，
我将用一杯酒灌溉我的心田。
多么快，人生已到严酷的冬天，

我爱在枯草的山坡，死寂的原野，
独自凭吊已埋葬的火热一年，
看着冰冻的小河还在冰下面流，
不知低语着什么，只是听不见。
呵，生命也跳动在严酷的冬天。

我爱在冬晚围着温暖的炉火，
和两三昔日的好友会心闲谈，
听着北风吹得门窗沙沙地响，
而我们回忆着快乐无忧的往年。
人生的乐趣也在严酷的冬天。

我爱在雪花飘飞的不眠之夜，
把已死去或尚存的亲人珍念，
当茫茫白雪铺下遗忘的世界，

我愿意感情的热流溢于心间，
来温暖人生的这严酷的冬天。

二

寒冷，寒冷，尽量束缚了手脚，
潺潺的小河用冰封住口舌，
盛夏的蝉鸣和蛙声都沉寂，
大地一笔勾销它笑闹的蓬勃。

谨慎，谨慎，使生命受到挫折，
花呢？绿色呢？血液闭塞住欲望，
经过多日的阴霾和犹疑不决，
才从枯树枝漏下淡淡的阳光。

奇怪！春天是这样深深隐藏，
哪儿都无消息，都怕峥露头角，
年轻的灵魂裹进老年的硬壳，
仿佛我们穿着厚厚的棉袄。

三

你大概已停止了分赠爱情，
把书信写了一半就住手，
望望窗外，天气是如此肃杀，

因为冬天是感情的刽子手。

你把夏季的礼品拿出来，
无论是蜂蜜，是果品，是酒，
然后坐在炉前慢慢品尝，
因为冬天已经使心灵枯瘦。

你拿一本小说躺在床上，
在另一个幻象世界周游，
它使你感叹，或使你向往，
因为冬天封住了你的门口。

你疲劳了一天才得休息，
听着树木和草石都在嘶吼，
你虽然睡下，却不能成梦，
因为冬天是好梦的刽子手。

四

在马房隔壁的小土屋里，
风吹着窗纸沙沙响动，
几只泥脚带着雪走进来，
让马吃料，车子歇在风中。

高高低低围着火坐下，

有的添木柴，有的在烘干，
有的用他粗而短的指头
把烟丝倒在纸里卷成烟。

一壶水滚沸，白色的水雾
弥漫在烟气缭绕的小屋，
吃着，哼着小曲，还谈着
枯燥的原野上枯燥的事物。

北风在电线上朝他们呼唤，
原野的道路还一望无际，
几条暖和的身子走出屋，
又迎面扑进寒冷的空气。

（《穆旦诗全集》中国文学出版社1996年9月）

郭小川

望星空

一

今夜呀，
我站在北京的街头上，
向星空瞭望。
明天哟，
一个紧要任务，
又要放在我的双肩上。
我能退缩吗？
只有迈开阔步，
踏万里重洋；
我能叫嚷困难吗？
只有挺直腰身，
承担千斤重量。
心房呵，
不许你这般激荡！……
此刻呵，

最该是我沉着镇定的时光。
而星空，
却是异样地安详。
夜深了，
风息了，
雷雨逃往他乡。
云飞了，
雾散了，
月亮躲在远方。
天海平平，
不起浪，
四围静静，
无声响。

但星空是壮丽的，
雄厚而明朗。
穹窿呵，
深又广。
在那神秘的世界里，
好像竖立着层层神秘的殿堂。
大气呵，
浓又香。
在那奇妙的海洋中，
仿佛流荡着奇妙的酒浆。
星星呀，

亮又亮。
在浩大无比的太空里，
点起万古不灭的盏盏灯光。
银河呀，
长又长，
在没有涯际的宇宙中，
架起没有尽头的桥梁。

呵，星空，
只有你，
称得起万寿无疆！
你看过多少次：
冰河解冻，
火山喷浆！
你赏过多少回：
白杨吐绿，
柳絮飞霜！
在那遥远的高处，
在那不可思议的地方，
你观尽人间美景，
饱看世界沧桑。
时间对于你，
跟空间一样——
无穷无尽，
浩浩荡荡。

二

呵，
望星空，
我不免感到惆怅。
说什么：
身宽气盛，
年富力强！
怎比得：
你那根深蒂固，
源远流长！
说什么：
情豪志大，
心高胆壮！
怎比得：
你那阔大胸襟，
无限容量！

我爱人间，
我在人间生长，
但比起你来，
人间还远不辉煌。
走千山，
涉万水，
登不上你的殿堂。

过大海，
越重洋，
饮不到你的酒浆。
千堆火，
万盏灯，
不如一颗小小星光亮。
千条路，
万座桥，
不如银河一节长。

我游历过半个地球，
从东方到西方。
地球的阔大幅员，
引起我的惊奇和赞赏。
可谁能知道：
宇宙里有多少星星，
是地球的姊妹行！
谁曾晓得：
天空中有多少陆地，
能够充作人类的家乡！
远方的星星呵，
你看得见地球吗？
——一片迷茫！
远方的陆地呵，
你感觉到我们的存在吗？

——怎能想象！

生命是珍贵的，
为了赞颂战斗的人生，
我写下成册的诗章；
可是在人生的路途上，
又有多少机缘，
向星空瞭望！
在人生的行程中，
又有多少个夜晚，
见星空如此安详！
在伟大的宇宙的空间，
人生不过是流星般的闪光。
在无限的时间的河流里，
人生仅仅是微小又微小的波浪。
呵，星空，
我不免感到惆怅！
于是我带着惆怅的心情，
走向北京的心脏……

三

忽然之间，
壮丽的星空，
一下子变了模样。

天黑了，
星小了，
高空显得暗淡无光；
云没有来，
风没有刮，
却像有一股阴霾罩天上。
天窄了，
星低了，
星空不再辉煌。
夜没有尽，
月没有升，
太阳也不曾起床。

呵，这突然的变化，
使我感到迷惘，
我不能不带着格外的惊奇，
向四围寻望：
就在我的近边，
在天安门广场，
升起了一座美妙的人民会堂；
就在那会堂的里面，
在宴会厅的杯盏中，
斟满了芬芳的友谊的酒浆；
就在我的两侧，
在长安街上，

挂出了长串的灯光；
就在那灯光之下，
在北京的中心，
架起了一座银河般的桥梁。

这是天上人间吗？
不，人间天上！
这是天堂中的大地吗？
不，大地上的天堂。
真实的世界呵，
一点也不虚妄；
你朴质地描述吧，
不需要作半点夸张！
是谁说的呀——
星空比人间还要辉煌？
是什么人呀——
在星空下感到忧伤？
今夜哟，
最该是我沉着镇定的时光！

是的，
我错了，
我曾是如此地神情激荡！
此刻我才明白：
刚才是我望星空，

而不是星空向我瞭望。
我们生活着，
而没有生命的宇宙，
既不生活也不死亡。
我们思索着，
而不会思索的穹窿，
总是露出呆相。
星空哟，
面对着你，
我有资格挺起胸膛。

四

当我怀着自豪的感情，
再向星空瞭望，
我的身子，
充溢着非凡的力量。
因为我知道：
在一切最好的传统之上，
我们的队伍已经组成，
犹如浩荡的万里长江。
而我自己呢，
早就全副武装，
在我们的行列里。
充当了一名小小的兵将。

可是呵，
我和我的同志一样，
决不会在红灯绿酒之前，
神魂飘荡。
我们要在地球与星空之间，
修建一条走廊，
把大地上的楼台殿阁，
移往辽阔的天堂。
我们要在无限的高空，
架起一座桥梁，
把人间的山珍海味，
送往迢遥的上苍。

真的，
我和我的同志一样，
决不只是“自扫门前雪”，
而是定管“他人瓦上霜”。
我们要把长安街上的灯光，
延伸到远方；
让万里无云的夜空，
出现千千万万个太阳。
我们要把广漠的穹窿，
变成繁华的天安门广场，
让满天星斗，
全成为人类的家乡。

而星空呵，
不要笑我荒唐！
我是诚实的，
从不痴心妄想。
人生虽是暂短的，
但只有人类的双手，
能够为宇宙穿上盛装；
世界呀，
由于人的生存，
而有了无穷的希望。
你呵，
还有什么艰难，
使你力不可当？
请再仔细抬头瞭望吧！
出发于盟邦的新的火箭，
正遨游于辽远的星空之上。

（原载《人民文学》1959年11月号）

乡村大道

一

乡村大道呵，好像一座座无始无终的长桥！
从我们的脚下，通向遥远又遥远的天地之交；

那两道长城般的高树呀，排开了绿野上的万顷汉波涛。

哦，乡村大道，又好像一根根金光四射的丝绦！
所有的城市、乡村、山地、平原，都叫它串成珠宝；
这一串串珠宝交错相连，便把我们的锦绣江山缔造！

二

乡村大道呵，也好像一条条险峻的黄河！
每一条的河身，至少有九曲十八折；
而每一曲、每一折呀，都常常遇到突起的风波。

哦，乡村大道，又好像一道道干涸的沟壑！
那上面的石头和乱草呵，比黄河的浪涛还要多；
古往今来的旅人哟，谁不受够了它们的颠簸！

三

乡村大道呵，我生之初便在它上面匍匐；
当我脱离了娘怀，也还不得不在上面学步；
假如我不曾在上面匍匐学步，也许至今还是个侏儒。

哦，乡村大道，所有的山珍土产都得从此上路，
所有的英雄儿女，都得在这上面出出入入；
凡是前来的都有远大的前程，不来的只得老死狭谷。

四

乡村大道呵，我爱你的长远和宽阔，
也不能不爱你的险峻和你那突起的风波；
如果只会在花砖地上旋舞，那还算什么伟大的生活！

哦，乡村大道，我爱你的明亮和丰沃，
也不能不爱你的坎坎坷坷、曲曲折折；
不经过这样的山山水水，黄金的世界怎么开拓！

（原载《诗刊》1962年第4期）

甘蔗林——青纱帐

南方的甘蔗林哪，南方的甘蔗林！
你为什么这样香甜，又为什么那样严峻？
北方的青纱帐啊，北方的青纱帐！
你为什么那样遥远，又为什么这样亲近？

我们的青纱帐哟，跟甘蔗林一样地布满浓荫，
那随风摆动的长叶啊，也一样地鸣奏嘹亮的琴音；
我们的青纱帐哟，跟甘蔗林一样地脉脉情深，
那载着阳光的露珠啊，也一样地照亮大地的清晨。

肃杀的秋天毕竟过去了，繁华的夏日已经来临，

这香甜的甘蔗林哟，哪还有青纱帐里的艰辛！
时光永远像泉水一般涌啊，生活像海浪一般推进，
那遥远的青纱帐哟，哪曾有甘蔗林里的芳芬！

我年青时代的战友啊，青纱帐里的亲人！
让我们到甘蔗林集合吧，重新会会昔日的风云；
我战争中的伙伴啊，一起在北方长大的弟兄们！
让我们到青纱帐去吧，喝令时间退回我们的青春。

可记得？我们曾经有过一个伟大的发现：
住在青纱帐里，高粱秸比甘蔗还要香甜；
可记得？我们曾经有过一个大胆的判断：
无论上海或北京，都不如这高粱地更叫人留恋。

可记得？我们曾经有过一种有趣的梦幻：
革命胜利以后，我们一道捋着白须、游遍江南；
可记得？我们曾经有过一点渺小的心愿：
到了社会主义时代，狠狠心每天抽它三支香烟。

可记得？我们曾经有过一个坚定的信念：
即使死了化为粪土，也能叫高粱长得秆粗粒圆；
可记得？我们曾经有过一次细致的计算：
只要青纱帐不倒，共产主义肯定要在下一代实现。

可记得？在分别时，我们订过这样的方案：

将来，哪里有严重的困难，我们就在哪里见面；
可记得？在胜利时，我们发过这样的誓言：
往后，生活不管甜苦，永远也不忘记昨天和明天。

我年青时代的战友啊，青纱帐里的亲人！
你们有的当了厂长、学者，有的做了编辑、将军，
能来甘蔗林里聚会吗？——不能又有什么要紧！
我知道，你们有能力驾驭任何险恶的风云。

我战争中的伙伴啊，一起在北方长大的弟兄们！
你们有的当了工人、教授，有的做了书记、农民，
能再回到青纱帐去吗？——生活已经全新，
我知道，你们有勇气唤回自己的战斗的青春。

南方的甘蔗林哪，南方的甘蔗林！
你为什么这样香甜，又为什么那样严峻？
北方的青纱帐啊，北方的青纱帐！
你为什么那样遥远，又为什么这样亲近？

（原载《人民文学》1962年7月号）

贺敬之

回延安

一

心口呀莫要这么厉害地跳，
灰尘呀莫把我眼睛挡住了……

手抓黄土我不放，
紧紧儿贴在心窝上。

……几回回梦里回延安，
双手搂定宝塔山。

千声万声呼唤你，
——母亲延安就在这里！

杜甫川唱来柳林铺笑，
红旗飘飘把手招。

白羊肚手巾红腰带，
亲人们迎过延河来。

满心话登时说不出来，
一头扑进亲人怀……

二

……二十里铺送过柳林铺迎，
分别十年又回家中。

树梢树枝树根根，
亲山亲水有亲人。

羊羔羔吃奶眼望着妈，
小米饭养活我长大。

东山的糜子西山的谷，
肩膀上的红旗手中的书。

手把手儿教会了我，
母亲打发我们过黄河。

革命的道路千万里，
天南海北想着你……

三

米酒油馍木炭火，
团团围定炕上坐。

满窑里围得不透风，
脑畔上还响着脚步声。

老爷爷进门气喘得紧：
“我梦见羊吃青草——可真见亲人……”

亲人见了亲人面
欢喜的眼泪眶眶里转。

保卫延安你们费了心，
白头发添了几根根。

团支书又领进社主任，
当年的放羊娃如今长成人。

白生生的窗纸红窗花，
娃娃们争抢来把手拉。

一口口的米酒千万句话，
长江大河起浪花。

十年来革命大发展，
说不尽这三千六百天……

四

千万条腿来千万只眼，
也够我走来也够我看！

头顶着蓝天大明镜，
延安城照在我心中：

一条条街道宽又平，
一座座楼房披彩虹；

一盏盏电灯亮又明，
一排排绿树迎春风……

对照过去我认不出了你，
母亲延安换新衣。

五

杨家岭的红旗呵高高地飘，
革命万里起高潮！

宝塔山下留脚印，
毛主席登上了天安门！

枣园的灯光照人心，
延河滚滚喊前进！

赤卫军……青年团……红领巾，
走着咱英雄几辈辈人……

社会主义路上大踏步走，
光荣的延河还要在前头！

身长翅膀吧脚生云，
再回延安看母亲！

（原载《延河》1956年6月号）

三门峡——梳妆台

望三门，三门开：
“黄河之水天上来”！
神门险，鬼门窄，
人门以上百丈崖。
黄水劈门千声雷，
狂风万里走东海。

望三门，三门开：
黄河东去不回来。
昆仑山高邙山矮，
禹王马蹄长青苔。
马去“门”开不见家，
门旁空留“梳妆台”。

梳妆台啊，千万载，
梳妆台上何人在？
乌云遮明镜，
黄水吞金钗。
但见那：辈辈艄公洒泪去，
却不见：黄河女儿梳妆来。

梳妆来呵，梳妆来！
——黄河女儿头发白。
挽断“白发三千丈”，
愁杀黄河万年灾！
登三门，向东海：
问我青春何时来？！

何时来呵，何时来？……
——盘古生我新一代！
举红旗，天地开，
史书万卷脚下踩。

大笔大字写新篇：
社会主义——我们来！

我们来呵，我们来，
昆仑山惊邙山呆：
展我治黄万里图，
先扎黄河腰中带——
神门平，鬼门削，
人门三声化尘埃！

望三门，门不在，
明日要看水闸开。
责令李白改诗句：
“黄河之水‘手中’来”！
银河星光落天下，
清水清风走东海。

走东海，去又来，
讨回黄河万年债！
黄河女儿容颜改，
为你重整梳妆台。
青天悬明镜，
湖水映光彩——
黄河女儿梳妆来！

梳妆来呵，梳妆来！
百花任你戴，
春光任你采，
万里锦绣任你裁！

三门闸工正年少，
幸福闸门为你开。
并肩挽手唱高歌呵，
无限青春向未来！

（原载《诗刊》1958年5月号）

桂林山水歌

云中的神呵，雾中的仙，
神姿仙态桂林的山！

情一样深呵，梦一样美，
如情似梦漓江的水！

水几重呵，山几重？
水绕山环桂林城……

是山城呵，是水城？
都在青山绿水中……

呵！此山此水入胸怀，
此时此身何处来？

……黄河的浪涛塞外的风。
此来关山千万重。

马鞍上梦见沙盘上画：
“桂林山水甲天下”……

呵！是梦境呵，是仙境？
此时身在独秀峰！

心是醉呵，还是醒？
水迎山接入画屏！

画中画——漓江照我身千影，
歌中歌——山山应我响回声……

招手相问老人山，
云罩江山几万年？

——伏波山下还珠洞，
室珠久等叩门声……

鸡笼山一唱屏风开，

绿水白帆红旗来！

大地的愁容春雨洗，
请看穿山明镜里——

呵！桂林的山来漓江的水——
祖国的笑容这样美！

桂林山水入胸襟，
此景此情战士的心——

是诗情呵，是爱情，
都在漓江春水中！

三花酒兑一滴漓江水，
祖国呵，对你的爱情百年醉……

江山多娇人多情，
使我白发永不生！

对此江山人自豪，
使我青春永不老！

七星岩去赴神仙会，
招呼刘三姐呵打从天上回……

人间天上大路开，
要唱新歌随我来！

三姐的山歌十万八千箩，
战士呵，指点江山唱祖国……

红旗万梭织锦绣，
海北天南一望收！

塞外的风沙呵黄河的浪，
春光万里到故乡。

红旗下：少年英雄遍地生——
望不尽：千姿万态“独秀峰”！

——意满怀呵，情满胸，
恰似漓江春水浓！

呵！汗雨挥洒彩笔画：
桂林山水——满天下！……

（原载《人民文学》1961年10月号）

蔡其矫

漓江

上面是青色的长缕的云，
左右是陡立的绿色的山，
下面一条浅蓝的江透明如水晶。

而水底闪烁着彩色的卵石，
仿佛为这青绿色的世界
铺就一条鲜花的大道。

一叶扁舟悄悄划过，
把倒映在水里的晴岚翠色
散作万千的金圈和银丝
颤动在蓝天里。

青烟，苍岩，碧树，
全抹上一片晶莹的水光；
那使人倾心的明亮清辉
也活在牧童和村女的眼里。

山水有独自的贡献，
它总是以永不衰退的美丽
把人的理想推向更高处。

在这里，在蓝色的漓江上
那最能启发人的
就是心灵的透明与纯洁。

（《回声续集》作家出版社1958年1月）

雾中汉水

两岸的丛林成空中的草地；
堤上的牛车在天半运行；
向上游去的货船
只从浓雾中传来沉重的橹声，
看得见的
是千年来征服汉江的纤夫
赤裸着双腿倾身向前
在冬天的寒水冷滩喘息……
艰难上升的早晨的红日，
不忍心看这痛苦的跋涉，
用雾巾遮住颜脸，

向江上洒下斑斑红泪。

（原载《长江文艺》1958年2月号）

祈求

我祈求炎夏有风，冬日少雨；
我祈求花开有红有紫；
我祈求爱情不受讥笑，
跌倒有人扶持；
我祈求同情心——
当人悲伤
至少给予安慰
而不是冷眼竖眉；
我祈求知识有如泉源，
每一天都涌流不息，
而不是这也禁止，那也禁止；
我祈求歌声发自各人胸中
没有谁要制造模式
为所有的音调规定高低；
我祈求
总有一天，再没有人
像我作这样的祈求！

（《祈求》江苏人民出版社1980年11月）

闻　捷

苹果树下

苹果树下那个小伙子，
你不要、不要再唱歌；
姑娘沿着水渠走来了，
年轻的心在胸中跳着。
她的心为什么跳呵？
为什么跳得失去节拍？……

春天，姑娘在果园劳作，
歌声轻轻从她耳边飘过，
枝头的花苞还没有开放，
小伙子就盼望它早结果。
奇怪的念头姑娘不懂得，
她说：别用歌声打扰我。

小伙子夏天在果园度过，
一边劳动一边把姑娘盯着，
果子才结得葡萄那么大，

小伙子就唱着赶快去采摘。
满腔的心思姑娘猜不着。
她说：别像影子一样缠着我。

淡红的果子压弯绿枝，
秋天是一个成熟季节，
姑娘整夜整夜地睡不着，
是不是挂念那树好苹果？
这些事小伙子应该明白，
她说：有句话你怎么不说？

……苹果树下那个小伙子，
你不要、不要再唱歌；
姑娘踏着草坪过来了，
她的笑容里藏着什么？……
说出那句真心的话吧！
种下的爱情已该收获。

（原载《人民文学》1955年3月号）

青青的小陶河滨

青青的小陶河滨，
青石岸上有两行脚印；
二十年来风吹雨打，

那脚印越显越真。

……那时候他正当壮年，
满怀壮志有如疾飞的风云，
曾经散步在青石岸上，
送走苍茫的黄昏；

他微微地昂着头，
用他那略带忧愁的眼睛，
凝视苦难的大地，
忘却了午夜的寒冷；

他宽阔的天庭下，
两道眉毛锁得紧紧，
思考、推断、再思考……
直踱到雄鸡三唱黎明；

他颀长的姿影稍稍前倾，
因为肩上的担子压得太重，
于是在他散步的地方，
一步留下一个脚印！

太阳即将上升的时候，
四面八方响起战声，
他依然迈着同样的步子，

走上万里征战的途程。

他的脚印落在那里，
那里的人民就跟着前进，
脚踏得高山大川动荡，
扬起漫天的飞尘……

青青的小陶河滨，
青石岸上有两行脚印；
二十年来风吹雨打，
那脚印越显越真。

（原载《诗刊》1957年2月号）

夜莺飞去了

夜莺飞去了，
带走迷人的歌声；
年轻人走了，
眼睛传出留恋的心情。

夜莺飞向天边，
天边有秀丽的白桦林；
年轻人翻过天山，
那里是金色的石油城。

夜莺飞向天空，
回头张望另一只夜莺；
年轻人爬上油塔，
从彩霞中眺望心上的人。

夜莺怀念吐鲁番，
这里的葡萄甜、泉水清；
年轻人热爱故乡，
故乡的姑娘美丽又多情。

夜莺还会飞来的，
那时候春天第二次降临；
年轻人也要回来的，
当他成为一个真正矿工。

（《天山牧歌》作家出版社1956年9月）

曾　卓

呵，有一只鹰……

呵，在蓝得透明的天空中
有一只鹰在飞翔
它飞得多么高呵
白云紧贴着它的翅膀

呵，俯望着闪光的彩色的大地
鹰在高空自由地盘旋
它的健壮的翅膀能够飞得多远
就有着多么辽阔的蓝天

呵，鹰，蓝天的骑士
你也有你的歌么
更高更高地飞吧，鹰
生命的歌要唱得更响，更响

呵，有一只鹰在高飞
怀着真正的鹰的心

它的翅膀有时牵引着狂风暴雨
有时驮负着阳光白云

（原载《诗刊》1979年9月号）

悬崖边的树

不知道是什么奇异的风
将一棵树吹到了那边——
平原的尽头
临近深谷的悬崖上

它倾听远处森林的喧哗
和深谷中小溪的歌唱
它孤独地站在那里
显得寂寞而又倔强

它的弯曲的身体
留下了风的形状
它似乎即将倾跌进深谷里
却又像是要展翅飞翔……

（原载《诗刊》1979年9月号）

有赠

我是从感情的沙漠上来的旅客，
我饥渴，劳累，困顿。
我远远地就看到你窗前的光亮，
它在招引我——我的生命的灯。

我轻轻地叩门，如同心跳。
你为我开门。
你默默地凝望着我
（那闪耀着的是泪光吗？）

你为我引路，掌着灯。
我怀着不安的心情走进你洁净的小屋，
我赤着脚，走得很慢，很轻，
但每一步还是留下了灰土和血印。

你让我在舒适的靠椅上坐下，
你微现慌张地为我倒茶，送水。
我眯着眼——因为不能习惯光亮，
也不能习惯你母亲般温存的眼睛。

我的行囊很小，
但我背负着的东西却很重，很重，
你看我的头发斑白了，我的背脊伛偻了，

虽然我还年轻。

一捧水就可以解救我的口渴，
一口酒就使我醉了，
一点温暖就使我全身灼热。
那么，我能有力量承担你如此的好意和温情么？

我全身颤栗，当你的手轻轻地握着我的，
我忍不住啜泣，当你的眼泪滴在我的手背。
你愿这样握着我的手走向人生的长途么？
你敢这样握着我的手穿过蔑视的人群么？

在一瞬间闪过了我的一生，
这神圣的时刻是结束也是开始，
一切过去的已经过去，终于过去了，
你给了我力量、勇气和信心。

你的含泪微笑着的眼睛是一座炼狱，
你的晶莹的泪光焚冶着我的灵魂，
我将在彩云般的烈焰中飞腾，
口中喷出痛苦而又欢乐的歌声……

（《悬崖边的树》四川人民出版社1981年9月）

牛　汉

汗血马

跑过一千里戈壁才有河流
跑过一千里荒漠才有草原

无风的七月八月天
戈壁是火的领地
只有飞奔
四脚腾空的飞奔
胸前才感觉有风
才能穿过几百里闷热的浮尘

汗水全被焦渴的尘砂舐光
汗水结晶成马的白色的斑纹

汗水流尽了
胆汁流尽了
向空旷冲刺的目光
宽阔的抽搐的胸肌

沉默地向自己生命的内部求援
从肩胛和臀股
沁出一粒一粒的血球
世界上
只有汗血马
血管与汗腺相通

肩胛上并没有翅翼
四蹄也不会生风
汗血马不知道人间美妙的神话
它只向前飞奔
浑身蒸腾出彤云似的血气
为了翻越雪封的大坂
和凝冻的云天
生命不停地自燃
流尽了最后一滴血
用筋骨还能飞奔一千里

汗血马
扑倒在生命的顶点
焚化成了一朵
雪白的花

（原载《诗刊》1987年12月号）

悼念一棵枫树

我想写几篇小诗，把你最后的绿叶保留下几片来。

——摘自日记

湖边山丘上
那棵最高大的枫树
被伐倒了……
在秋天的一个早晨

几个村庄
和这一片山野
都听到了，感觉到了
枫树倒下的声响

家家的门窗和屋瓦
每棵树，每根草
每一朵野花
树上的鸟，花上的蜂
湖边停泊的小船
都颤颤地哆嗦起来……

是由于悲哀吗？

这一天

整个村庄
和这一片山野上
飘忽着浓郁的清香

清香
落在人的心灵上
比秋雨还要阴冷

想不到
一棵枫树
表皮灰暗而粗犷
发着苦涩气息
但它的生命内部
却贮蓄了这么多的芬芳

芬芳
使人悲伤

枫树直挺挺的
躺在草丛和荆棘上
那么庞大，那么青翠
看上去比它站立的时候
还要雄伟和美丽

伐倒三天之后

枝叶还在微风中
簌簌地摇动
叶片上还挂着明亮的露水
仿佛亿万只含泪的眼睛
向大自然告别

哦，湖边的白鹤
哦，远方来的老鹰
还朝着枫树这里飞翔呢

枫树
被解成宽阔的木板
一圈圈年轮
涌出了一圈圈的
凝固的泪珠

泪珠
也发着芬芳

不是泪珠吧
它是枫树的生命
还没有死亡的血球

村边的山丘
缩小了许多

仿佛低下了头颅

伐倒了
一棵枫树
伐倒了
一个与大地相连的生命

（《牛汉诗选》人民文学出版社1998年2月）

公 刘

家乡

我是一只鸟，
在天地间流浪；
我有许多朋友，
他们是云，是风，是虹，
是帆（这船儿的翅膀），
是盲人的拐杖，
是纸鸢衔着的孩子的梦，
是铁窗后面囚徒的目光。

他们给我写了多少信啊，
每逢春天，就变成绿叶，
一张，又一张，
挂满在所有的树上。

谁说鸟是没有通讯地址的？
你看，每一株树
都是我的家乡。

（《公刘诗选》江西人民出版社1987年3月）

雪景

好一场大雪！四野生辉！
连垃圾都变成了纯洁的一堆！

妈妈警告着：听话！小鬼！
不许你用脏鞋底破坏了它的完美！

孩子默默，对着窗玻璃哈气，
还用手指头画了一个……愚顽的妇女。

（原载《诗刊》1980年4月号）

迟开的蔷薇

盛夏已经逝去，
在荒芜的花园里，
只剩下一朵迟开的蔷薇；
摘了它去吧，姑娘，
别在襟前，让它
贴近你的胸膛枯萎……

（原载《诗刊》1957年2月号）

昌　耀

慈航

一、爱与死

是的，在善恶的角力中
爱的繁衍与生殖
比死亡的戕残更古老、
更勇武百倍。

我，就是这样一部行动的情书。

我不理解遗忘。
也不习惯麻木。
我不时展示状如兰花的五指
朝向空阔弹去——
触痛了的是回声。

然而，
只是为了再听一次失道者

败北的消息
我才拨弄这支
命题古老的琴曲？
在善恶的角力中
爱的繁衍与生殖
比死亡的戕残更古老、
更勇武百倍。

二、记忆中的荒原

摘掉荆冠
他从荒原踏来，
重新领有自己的运命。
眺望旷野里
气象哨
雪白的柱顶
横卧着一支安详的箭镞。……

但是，
在那不朽的荒原——
不朽的
那在疏松的土丘之后竖起前肢
独对寂寞吹奏东风的旱獭
是他昨天的影子？

不朽的——
那在高空的游丝下面冲决气旋
带箭失落于昏溟的大雁、
那在闷热的刺棵丛里伸长脖颈
手持石器追食着蜥蜴的万物之灵
是他昨天的影子？

在不朽的荒原。
在荒原不朽的暗夜。
在暗夜浮动的旋梯——
那烦躁不安闪烁而过的红狐、
那惊犹未定倏忽隐遁的黄鼬、
那来去无踪的鸱鸺、
那旷野猫、
那鹿麑、
那磷光
……可是他昨天的影子？

我不理解遗忘。
当我回首山关，
夕阳里覆满五色翎毛，
——是一座座惜春的花冢。

三、彼岸

于是，他听到了。
听到土伯特人沉默的彼岸
大经轮在大慈大悲中转动叶片。
他听到破裂的木筏划出最后一声长泣。

当横扫一切的暴风
将灯塔沉入海底，
旋涡与贪婪达成默契，
彼方醒着的这一片良知
是他唯一的生之涯岸。

他在这里脱去垢辱的黑衣
留在埠头让时光漂洗，
把遍体流血的伤口
裸陈于女性吹拂的轻风，
是那个以手背遮羞的处女
解下抱襟的荷包，为他
献出护身的香草。……

在善恶的角力中，
爱的繁衍与生殖
比死亡的戕残更古老、
更勇武百倍！

是的，

当那个老人临去天国之际

是这样召见了自己的爱女和家族

“听吧，你们当和睦共处。

他是你们的亲人、

你们的兄弟，

是我的朋友，和

——儿子！”

四、众神

再生的微笑

是劫余后的明月。

我把微笑的明月

寄给那个年代

良知不灭的百姓。

寄给弃绝姓氏的部族。

寄给不留墓冢的属群。

那些占有马背的人，

那些敬畏鱼虫的人，

那些酷爱酒瓶的人，

那些围着篝火群舞的，

那些卵育了草原、耕作牧歌的，

猛兽的征服者，
飞禽的施主，
炊烟的鉴赏家，
大自然宠幸的自由民，
是我追随的偶像。

——众神！众神！
众神当是你们！

五、众神的宠偶

这微笑
是我缥缈的哈达
寄给天地交合的夹角
生命傲然的船桅。
寄给灵魂的保姆。
寄给你——
草原的小母亲。

此刻
星光之曲
又从寰宇
向我散发出
有如儿童肤体的乳香；
黎明的花枝

为我在欢快中张扬，
破译出那泥土绝密的哑语。

你哟，踮起赤裸的足尖
正把奶渣晾晒在高台。
靠近你肩头，
婴儿的内衣在门前的细丝
以旗帜的亢奋
解说万古的箴言。
墙壁贴满的牛粪饼块
是你手制的象形字模。
轻轻摘下这迷人的辞藻，
你回身交给归来的郎君，
托他送往灶坑去库藏。

（我看到你忽闪的睫毛
似同稞麦含笑之芒针；
我记得你冷凝的沉默
曾是电极触发之弧光。）

那个夜晚，正是他
向你贸然走去。
向着你贞洁的妙龄，
向着你梦求的摇篮，
向着你心甘的苦果……

带着不可更改的渴望或哀悼，
他比死亡更无畏——
他走向彼岸，
走向你
众神的宠偶！

六、邂逅

他独坐裸原。
脚边，流星的碎片尚留有天火的热吻。
背后，大自然虚构的河床——
鱼贝和海藻的精灵
从泥盆纪脱颖而出，
追戏于这日光幻变之水。

没有墓冢。
鹰的天空
交织着钻石多棱的射线。

直到那时，他才看到你从仙山驰来。
奔马的四蹄陡然在路边站定。
花蕊一齐摆动，为你
摇响了五月的铃铎。

——不悦么，旷野的郡主？

……但前方是否有村落？

他无须隐讳那些阴暗的故事、
那些镀金的骗局、那些……童话。
他会告诉你有过那疯狂的一瞬——
有过那春季里的严冬：
冷酷的纸帽，
癫醉的棍棒，
嗜血的猫狗……

天下奇寒，雏鸟
在暗夜里敲不醒一扇
庇身的门窦。

他会告诉你：
为了光明再现的柯枝，
必然的妖风终将他和西天的羊群一同裹挟……

他会告诉你那个古老的山岬
原本是山神的祭坛。
秋气之中，间或可闻天鹅的呼唤，
雪原上偶尔留下
白唇鹿的请柬，
——那里原是一个好地方。……
……

……

黄昏来了，

宁静而柔和。

土伯特女儿墨黑的葡萄在星光下思索，

似乎向他表示：

——我懂。

我献与。

我笃行……

于是，那从上方凝视他的两汪清波

不再飞起迟疑的鸟翼。

七、慈航

花园里面的花喜鹊

花园外面的孔雀

——本土情歌

于是，她惭然一笑，

从花径召回巡守的家犬，

将红绡拉过肩头，

向这不速之客暗示：

——那么，

把我的鞍鞯送给你呢

好不好？
把我的马驹送给你呢
好不好？
把我的帐幕送给你呢
好不好？
把我的香草送给你呢
好不好？

美呵，——
黄昏里放射的银耳环，
人类良知的最古老的战利品！

是的，在善恶的角力中
爱的繁衍与生植
比死亡的戕残更古老、
更勇武百倍！

八、净土

雪线……
那最后的银峰超凡脱俗，
成为蓝天晶莹的岛屿，
归属寂寞的雪豹逡巡。
而在山麓，却是大地绿色的盆盂，
昆虫在那里扇动翅翼

梭织多彩的流风。

牧人走了，拆去帐幕，
将灶群寄存给疲惫了的牧场。
那粪火的青烟似乎还在召唤发酵罐中的
曲香，和兽皮褥垫下肢体的烘热……

在外人不易知晓的河谷，
已支起了牧人的夏宫，
土伯特人卷发的婴儿好似袋鼠
从母亲的袍襟探出头来，
诧异眼前刚刚组合的村落。

……一头花鹿冲向断崖，
扭作半个轻柔的金环，
瞬间随同落日消散。
而远方送来了男性的吆喝，
那吐自丹田的音韵，久久
随着疾去的蹄声在深山传递。

高山大谷里这些乐天的子民
护佑着那异方的来客，
以他们固有的旷达
决不屈就于那些强加的忧患
和令人气闷的荣辱。

这里是良知的净土。

九、净土（之二）

……而在白昼的背后
是灿烂的群星。

升起了成人的诱梦曲。
筋骨完成了劳动的日课，
此刻不再做神圣的醉舞。
杵杆，和奶油搅拌桶
最后也熄灭了象牙的华彩。

沿着河边
无声的栅栏——
九十九头牦牛以精确的等距
缓步横贯茸茸的山阜，
如同一列游走的
堠堡。

灶膛还醒着。
火光撩逗下的肉体
无须在梦中羞闭自己的贝壳。
这些高度完美的艺术品
正像他们无羁的灵魂一样裸露，

承受着夜的抚慰。

——生之留恋将永恒永恒……

但在墨绿的林莽，
下山虎栖止于断崖，
再也克制不了难熬的孤独，
飞身擦过刺藤。
寄生的群蝇
从虎背拖出了一道噼啪的火花，
急忙又——
追寻它们的宿主……

十、沐礼

他是待娶的“新娘”了！

在这良宵
为了那个老人临终的嘱托，
为了爱的最后之媾合，
他敁立在红毡毯。
一个牧羊妇捧起熏沐的香炉
蹲伏在他的足边，
轻轻朝他吹去圣洁的
柏烟。

一切无情。
一切含情。
慧眼
正宁静地审度
他微妙的内心。

心旌摇荡。
窗隙里，徐徐飘过
三十多个祈福的除夕。……
烛台遥远了。
迎面而来——
他看到喜马拉雅丛林
燃起一团光明的瀑雨。
而在这虚照之中潜行
是万千条挽动经轮的纤绳……

他回答：
——“我理解。
我亦情愿。”

迎亲的使者
已将他搀上披红的征鞍，
一路穿越高山冰坂，和
激流的峡谷。
吉庆的火堆

也已为他在日出之前点燃。
在这处石砌的门楼他翻身下马，
踏稳那一方
特为他投来的羊皮。
就从这坚实的舟楫，
怀着对一切偏见的憎恶
和对美与善的盟誓，
他毅然跃过了门前守护神狞厉的火舌。

……然后
才是豪饮的金盏。
是燃烧的水。
是花堂的酥油灯。

十一、爱的史书

……
……

在不朽的荒原。
在荒原那个黎明的前夕，
有一头难产的母牛
独卧在冻土。
冷风萧萧，
只有一个路经这里的流浪汉

看到那求助的双眼
饱含了两颗痛楚的泪珠。
只有他理解这泪珠特定的象征。

——是时候了：
该出生的一定要出生！
该速朽的必定得速朽！

他在绳结上读着这个日子。
那里，有一双佩戴玉镯的手臂
将指掌抠进黑夜模拟的厚壁，
绞紧的辫发
搓揉出蕴积的电火。

在那不见青灯的旷野，
一个婴儿降落了。

笑了的流浪汉
读着这个日子，潜行在不朽的
荒原。
——你呵，大漠的居士，笑了的
流浪汉，既然你是诸种元素的衍生物，
既然你是基本粒子的聚合体，
面对物质变幻无涯的迷宫，
你似乎不应忧患，

也无须欣喜。

你或许
曾属于一只
卧在史前排卵的昆虫；
你或许曾属于一滴
熔在古鼎享神的
浮脂。

设想你业已氧化的前生
织成了大礼服上的绶带；
期望你此生待朽的骨骸
可育作沙洲一株啸傲的红柳。
你应无穷的古老，超乎时空之上；
你应无穷的年轻，占有不尽的未来。
你属于这宏观整体中的既不可多得、
也不该减少的总和。

你是风雨雷电合乎逻辑的选择。
你只当再现在这特定时空相交的一点。
但你毕竟是这星体赋予了感官的生物。
是岁月有意孕成的琴键。

为了遗传基因尚未透露的丑恶，
为了生命耐力创纪录的拼搏，

你既是牺牲品，又是享有者，
你既是苦行僧，又是欢乐佛。
……
……
是的，在善恶的角力中
爱的繁衍与生殖
比死亡的戕残更古老。
更勇武百倍！

十二、极乐界

当春光
与孵卵器一同成熟，
草叶，也啄破了严冬的薄壳。
这准确的信息岂是愚人的谵妄？

万物本蕴涵着无尽的奥秘：
地幔由运动而矗起山岳；
生命的晕环敢与日冕媲美；
原子的组合在微观中自成星系：
芳草把层层色彩托出泥土；
刺猬披一身锐利的箭镞。……

当大道为花圈的行列开放绿灯，
另有一支仅存姓名的队伍在影子里欢呼着进行。

是时候了。
该复活的已复活。
该出生的已出生。

而他——
摘掉荆冠
从荒原踏来，
走向每一面帐幕。
他忘不了那雪山，那香炉，那孔雀翎。
他忘不了那孔雀翎上众多的眼睛。
他已属于那一片天空。
他已属于那一方热土。
他已属于那一个没有王笏的侍臣。

而我，
展示状如兰花的五指
重又叩响虚空中的回声，
听一次失道者败北的消息，
也是同样地忘怀不了那一切。

是的，将永远、永远——
爱的繁衍与生殖
比死亡的戕残更古老、
更勇武百倍！

（原载《西藏文学》1985年第8–9期）

斯人

静极——谁的叹嘘？
密西西比河此刻风雨，在那边攀缘而走。
地球这壁，一人无语独坐。

（原载《星星》1985年9月号）

一十一枝红玫瑰

一位滨海女子飞往北漠看望一位垂死的长者，
临别将一束火红的玫瑰赠给这位不幸的朋友。

姑娘啊，火红的一束玫瑰为何端只一十一枝，
姑娘说，这象征我对你的敬重原是一心一意。

一天过后长者的病情骤然恶化，
刁滑的死神不给猎物片刻喘息。

姑娘姑娘自你走后我就觉出求生无望，
何况死神说只要听话他就会给我安息。

我的朋友啊我的朋友你可要千万挺住，
我临别不是说嘱咐你的一切绝对真实？

姑娘姑娘我每存活一分钟都万分痛苦，
何况死神说只要听话他就会给我长眠。

我的朋友啊我的朋友你可要千万挺住，
你应该明白你在我们眼中的重要位置。

姑娘姑娘我随时都将可能不告而辞，
何况死神说他待我也不是二意三心。

三天过后一十一枝玫瑰全部垂首默立，
一位滨海女子为北漠长者在悄声饮泣。

（原载《人民文学》2000年第6期）

余光中

等你，在雨中

等你，在雨中，在造虹的雨中
　蝉声沉落，蛙声升起
一池的红莲如红焰，在雨中

你来不来都一样，竟感觉
　每朵莲都像你
尤其隔着黄昏，隔着这样的细雨

永恒，刹那，刹那，永恒
　等你，在时间之外，
在时间之内，等你，在刹那，在永恒

如果你的手在我的手里，此刻
　如果你的清芬
在我的鼻孔，我会说，小情人

诺，这只手应该采莲，在吴宫

　这只手应该
摇一柄桂桨，在木兰舟中

一颗星悬在科学馆的飞檐
　耳坠子一般的悬着
瑞士表说都七点了。忽然你走来

步雨后的红莲，翩翩，你走来
　像一首小令
从一则爱情的典故里你走来

从姜白石的词里，有韵地，你走来

（《莲的联想》时报文化出版企业有限公司1980年）

乡愁

小时候
乡愁是一枚小小的邮票
我在这头
母亲在那头

长大后
乡愁是一张窄窄的船票
我在这头

新娘在那头

后来啊
乡愁是一方矮矮的坟墓
我在外头
母亲在里头

而现在
乡愁是一湾浅浅的海峡
我在这头
大陆在那头

（《白玉苦瓜》大地出版社1974年）

蟋蟀吟

中秋前一个礼拜我家厨房里
怯生生孤零零添了个新客
怎么误闯进来的，几时再迁出
谁也不晓得，只听到
时起时歇从冰箱的角落
户内疑户外惊喜的牧歌
一丝丝细细瘦瘦的笛韵
清脆又亲切，颤悠悠那一串音节
牵动孩时薄纱的记忆

一缕缕的秋思抽丝抽丝
再抽也不断，恍惚触须的纤纤
轻轻拨弄露湿的草原

入夜之后，厨房被蛊于月光
瓦罐铜壶背光的侧影
高高矮矮那一排瓶子
全听出了神，伸长着颈子
就是童年逃逸的那只吗？
一去四十年又回头来叫我？
入夜之后，人定火熄的灶头
另一种忙碌似泰国的边境
暗里的走私帮流窜着蟑螂
却无妨短笛轻弄那小小的隐士
在梦和月色交界的窗口
把银晶晶的寂静奏得多好听

（《与永恒拔河》洪范书店1979年）

洛　夫

蟋蟀之歌

有人说："在海外，夜晚听到蟋蟀叫，还以为就是四川乡下听到的那一只。"

从院子里
一路唱到墙脚
唧唧
从石阶的缝里
突然又跳到
白发散落的枕边　唧唧
由昨日的天涯
被追到今日的海角
仍只闻其声，不见头，脚，翅翼
探首四方八面搜索
碧落无踪
黄泉无影
裂开胸腔也找不到那具发音器
夜雨骤歇

窗外有月
月光传下伐木的丁当
此时群星如沸
唧唧如泡沫，如一条小河
童年遥遥从上流漂来
今夜不在成都
鼾声难成乡愁
而耳边唧唧不绝
不绝如一首千丝万缕的歌
记不清哪年哪月哪晚
在哪个城市，哪个乡间
哪个小站听过
唧唧复唧唧
今晚唱得格外惊心

那鸣叫
如嘉陵江蜿蜒于我的枕边
深夜无处雇舟
只好溯流而泅
三峡的浪在天上
猿啸在两岸
鱼
豆瓣鱼在青瓷盘中

唧唧

究竟是哪一只在叫？
广东的那只其声苍凉
四川的那只其声悲伤
北平的那只其声聒噪
湖南的那只叫起来带有一股辣味
而最后——
我被吵醒的
仍是三张犁巷子里
那声最轻最亲的
唧唧

（《诗魔之歌》花城出版社1990年）

金龙禅寺

晚钟
是游客下山的小路
羊齿植物
沿着白色的石阶
一路嚼了下去

如果此处降雪

而只见
一只惊起的灰蝉

把山中的灯火
一盏盏地
点燃

（《魔歌》中外文学月刊社1974年）

边界望乡

说着说着
我们就到了落马洲

雾正升起，我们在茫然中勒马四顾
手掌开始生汗
望远镜中扩大数十倍的乡愁
乱如风中的散发
当距离调整到令人心跳的程度
一座远山迎面飞来
把我撞成了
严重的内伤

病了病了
病得像山坡上那丛凋残的杜鹃
只剩下唯一的一朵
蹲在那块“禁止越界”的告示牌后面
咯血。而这时

一只白鹭从水田中惊起
飞越深圳
又猛然折了回来

而这时，鹧鸪以火发音
那冒烟的啼声
一句句
穿透异地三月的春寒
我被烧得双目尽赤，血脉偾张
你却竖起外衣的领子，回头问我
冷，还是
不冷？

惊蛰之后是春分
清明时节该不远了
我居然也听懂了广东的乡音
当雨水把莽莽大地
译成青色的语言
喏！你说，福田村再过去就是水围
故国的泥土，伸手可及
但我抓回来的仍是一掌冷雾

（《时间之伤》台湾时报出版公司1981年）

郑愁予

错误

我打江南走过
那等在季节里的容颜如莲花的开落

东风不来，三月的柳絮不飞
你的心如小小的寂寞的城
恰如青石的街道向晚
跫音不响，三月的春帷不揭
你的心是小小的窗扉紧掩

我达达的马蹄是美丽的错误
我不是归人，是个过客……

（《梦土上》台湾现代诗社1955年）

边界酒店

秋天的疆土，分界在同一个夕阳下

接壤处，默立些黄菊花
而他打远道来，清醒着喝酒
窗外是异国

多想跨出去，一步即成乡愁
那美丽的乡愁，伸手可触及

或者，就饮醉了也好
（他是热心的纳税人）

或者，将歌声吐出
便不只是立着像那雏菊
只凭边界立看

（《窗外的女奴》十月出版社1968年）

食　指

热爱生命

也许我瘦弱的身躯像攀附的葛藤，
把握不住自己命运的前程，
那请在凄风苦雨中听我的声音，
仍在反复地低语：热爱生命。

也许经过人生激烈的搏斗后，
我死得比那湖水还要平静。
那请去墓地寻找我的碑文，
上面仍会刻着：热爱生命。

我下决心：用痛苦来做砝码，
我有信心：以人生作为天平，
我要称出一个人生命的价值，
要后代以我为榜样：热爱生命。

的确，我十分珍爱属于我的
那条弯弯曲曲的荒草野径，

正是通过这条曲折的小路，
我才认识到如此艰辛的人生。

我流浪儿般地赤着双脚走来，
深感到途程上顽石棱角的坚硬，
再加上那一丛丛拦路的荆棘，
使我每一步都留下一道血痕。

我乞丐似的光着脊背走去，
深知道冬天风雪中的饥饿寒冷，
和夏天毒日头烈火一般的灼热，
这使我百倍地珍惜每一丝温情。

但我有着向旧势力挑战的个性，
虽是屡经挫败，我决不轻从。
我顽强地活着，活到现在，
就在于：相信未来，热爱生命。

（《诗探索金库·食指卷》作家出版社1998年）

相信未来

当蜘蛛网无情地查封了我的炉台
当灰烬的余烟叹息着贫困的悲哀
我依然固执地铺平失望的灰烬

用美丽的雪花写下：相信未来

当我的紫葡萄化为深秋的露水
当我的鲜花依偎在别人的情怀
我依然固执地用凝露的枯藤
在凄凉的大地上写下：相信未来

我要用手指那涌向天边的排浪
我要用手掌那托住太阳的大海
摇曳着曙光那温暖漂亮的笔杆
用孩子的笔体写下：相信未来

我之所以坚定地相信未来
是我相信未来人们的眼睛——
她有拨开历史风尘的睫毛
她有看透岁月篇章的瞳孔

不管人们对于我们腐烂的皮肉
那些迷途的惆怅、失败的苦痛
是寄予感动的热泪、深切的同情
还是给以轻蔑的微笑、辛辣的嘲讽

我坚信人们对于我们的脊骨
那无数次的探索、迷途、失败和成功
一定会给予热情、客观、公正的评定

是的，我焦急地等待着他们的评定

朋友，坚定地相信未来吧
相信不屈不挠的努力
相信战胜死亡的年轻
相信未来、热爱生命

（原载《今天》1979年第2期）

这是四点零八分的北京

这是四点零八分的北京
一片手的海浪翻动
这是四点零八分的北京
一声尖厉的汽笛长鸣

北京车站高大的建筑
突然一阵剧烈的抖动
我吃惊地望着窗外
不知发生了什么事情

我的心骤然一阵疼痛，一定是
妈妈缀扣子的针线穿透了心胸
这时，我的心变成了一只风筝
风筝的线绳就在妈妈的手中

线绳绷得太紧了，就要扯断了
我不得不把头探出车厢的窗棂
直到这时，直到这个时候
我才明白发生了什么事情

——一阵阵告别的声浪
就要卷走车站
北京在我的脚下
已经缓缓地移动

我再次向北京挥动手臂
想一把抓住她的衣领
对她亲热地大声叫喊：
永远记着我，妈妈啊北京

终于抓住了什么东西
管他是谁的手，不能松
因为这是我的北京
这是我的最后的北京

（原载《今天》1979年第4期）

北　岛

回答

卑鄙是卑鄙者的通行证，
高尚是高尚者的墓志铭。
看吧，在镀金的天空中，
飘满了死者弯曲的倒影。

冰川纪过去了，
为什么到处都是冰凌？
好望角发现了，
为什么死海里千帆相竞？

我来到这个世界上，
只带着纸、绳索和身影，
为了在审判之前，
宣读那些被判决的声音：

告诉你吧，世界
我——不——相——信！

纵使你脚下有一千名挑战者，
那就把我算作第一千零一名。

我不相信天是蓝的；
我不相信雷的回声；
我不相信梦是假的；
我不相信死无报应。

如果海洋注定要决堤，
就让所有的苦水都注入我心中；
如果陆地注定要上升，
就让人类重新选择生存的峰顶。

新的转机和闪闪星斗，
正在缀满没有遮拦的天空。
那是五千年的象形文字，
那是未来人们凝视的眼睛。

（原载《今天》1978年第1期）

一切

一切都是命运
一切都是烟云
一切都是没有结局的开始

一切都是稍纵即逝的追寻
一切欢乐都没有微笑
一切苦难都没有泪痕
一切语言都是重复
一切交往都是初逢
一切爱情都在心里
一切往事都在梦中
一切希望都带着注释
一切信仰都带着呻吟
一切爆发都有片刻的宁静
一切死亡都有冗长的回声

（原载《今天》1979年第3期）

见证

我们那陌生的目光
在十字路口相逢
像两杯苦酒碰在了一起
却没有声音

我们头上
那颗打成死结的星星呀
犹如苦难和欢乐之间
一滴抹不干的泪痕

于是我们听见了彼此
目光的声音

被理性肯定的梦境
是实在的，正如
被死亡肯定的爱情
如果你不信
它只是正在塌陷的雪人

星星是见证

（《北岛的诗》时代文艺出版社2003年）

舒　婷

致橡树

我如果爱你——
绝不像攀援的凌霄花
借你的高枝炫耀自己；
我如果爱你——
绝不学痴情的鸟儿
为绿荫重复单调的歌曲，
也不止像泉源
长年送来清凉的慰藉；
也不止像险峰
增加你的高度，衬托你的威仪。
甚至日光，
甚至春雨。

不，这些都还不够！
我必须是你近旁的一株木棉，
作为树的形象和你站在一起。
根，紧握在地下，

叶，相触在云里。
每一阵风过，
我们都互相致意，
但没有人
听得懂我们的言语。
你有你的铜枝铁干，
像刀，像剑，
也像戟；
我有我的红硕花朵，
像沉重的叹息，
又像英勇的火炬。

我们分担寒潮、风雷、霹雳，
我们共享雾霭、云霞、虹霓。
仿佛永远分离，
却又终生相依。
这才是伟大的爱情，
坚贞就在这里：
不仅爱你伟岸的身躯，
也爱你坚持的位置，脚下的土地！

（原载《诗刊》1979年4月号）

祖国啊，我亲爱的祖国

我是你河边上破旧的老水车，
数百年来纺着疲惫的歌；
我是你额上熏黑的矿灯，
照你在历史的隧洞里蜗行摸索；
我是干瘪的稻穗；是失修的路基；
是淤滩上的驳船
把纤绳深深
勒进你的肩膊；
——祖国啊！

我是贫困，
我是悲哀。
我是你祖祖辈辈
痛苦的希望呵，
是“飞天”袖间
千百年未落到地面的花朵；
——祖国啊！

我是你簇新的理想
刚从神话的蛛网里挣脱；
我是你雪被下古莲的胚芽；
我是你挂着眼泪的笑涡；
我是新刷出的雪白的起跑线；

是绯红的黎明
正在喷薄；
——祖国啊！

我是你的十亿分之一，
是你九百六十万平方的总和；
你以伤痕累累的乳房
喂养了
迷惘的我、深思的我、沸腾的我；
那就从我的血肉之躯上
去取得
你的富饶、你的荣光、你的自由；
——祖国呵，
我亲爱的祖国！

（原载《诗刊》1979年7月号）

神女峰

在向你挥舞的各色花帕中
是谁的手突然收回
紧紧捂住了自己的眼睛
当人们四散离去，谁
还站在船尾
衣裙漫飞，如翻涌不息的云

江涛

高一声

低一声

美丽的梦留下美丽的忧伤

人间天上，代代相传

但是，心

真能变成石头吗

沿着江岸

金光菊和女贞子的洪流

正煽动新的背叛

与其在悬崖上展览千年

不如在爱人肩头痛哭一晚

（原载《绿洲》1982年第1期）

顾　城

生命幻想曲

把我的幻影和梦，
放在狭长的贝壳里
柳枝编成的船篷
还旋绕着夏蝉的长鸣
拉紧桅绳
风，吹起晨雾的帆
我开船了

没有航标
在蓝天中荡漾
让阳光的瀑布
洗黑我的皮肤

太阳是我的纤夫
它拉着我
用强光的绳索
一步步

走完十二小时的路途
我被风推着
向东向西
太阳消失在暮色里

黑夜来了
我驰进银河的港湾
几千个星星对我们看着
我抛下了
新月——黄金的锚
天微明
海洋挤满阴云的冰山
碰击着
轰隆隆——雷鸣电闪！
我到哪里去呵？
宇宙是这样的无边

用金黄的麦秸
编成摇篮
把我的灵感和心
放在里边
装好纽扣的车轮
让时间拖着
去问候世界

车轮滚过
百里香和野菊的草间
蟋蟀欢迎我
抖动着琴弦
我把希望溶进花香
黑夜像山谷
白昼像峰巅
睡吧！合上双眼
世界就在我枕边

时间的马
累倒了
黄尾的太平鸟
在我的车中做窝
我仍要徒步走遍世界——
沙漠、森林和偏僻的角落

太阳烘烤着地球
像烤一块面包
我行走着
赤着双脚
我把我的足迹
像图章印遍大地
世界也就溶进了
我的生命

我要唱
一支人类的歌曲
千百年后
在宇宙中共鸣

（《中国新诗》西北民族学院研究所1981年）

我是一个任性的孩子

——我想在大地上画满窗子，让所有习惯黑暗的眼睛都习惯光明

也许
我是被妈妈宠坏的孩子
我任性

我希望
每一个时刻
都像彩色蜡笔那样美丽
我希望
能在心爱的白纸上画画
画出笨拙的自由
画下一只永远不会
流泪的眼睛
一片天空
一片属于天空的羽毛和树叶
一个淡绿的夜晚和苹果

我想画下早晨
画下露水
所能看见的微笑
画下所有最年轻的
没有痛苦的爱情
她没有见过阴云
她的眼睛是晴空的颜色
她永远看着我
永远，看着
绝不会忽然掉过头去

我想画下遥远的风景
画下清晰的地平线和水波
画下许许多多快乐的小河
画下丘陵——
长满淡淡的茸毛
我让他们挨得很近
让他们相爱
让每一个默许
每一阵静静的春天的激动
都成为一朵小花的生日
我还想画下未来
我没见过她，也不可能
但知道她很美
我画下她秋天的风衣

画下那些燃烧的烛火和枫叶
画下许多因为爱她
而熄灭的心
画下婚礼
画下一个个早早醒来的节日——
上面贴着玻璃糖纸
和北方童话的插图

我是一个任性的孩子
我想涂去一切不幸
我想在大地上
画满窗子
让所有习惯黑暗的眼睛
都习惯光明
我想画下风
画下一架比一架更高大的山岭
画下东方民族的渴望
画下大海——
无边无际愉快的声音

最后，在纸角上
我还想画下自己
画下一只树熊
他坐在维多利亚深色的丛林里
坐在安安静静的树枝上

发愣
他没有家
没有一颗留在远处的心
他只有，许许多多
浆果一样的梦
和很大很大的眼睛

我在希望
在想
但不知为什么
我没有领到蜡笔
没有得到一个彩色的时刻
我只有我
我的手指和创痛
只有撕碎那一张张
心爱的白纸
让它们去寻找蝴蝶
让它们从今天消失

我是一个孩子
一个被幻想妈妈宠坏的孩子
我任性

（原载《花城》1981年第5期）

一代人

黑夜给了我黑色的眼睛，
我却用它寻找光明。

（原载《星星》1980年第3期）

多　多

阿姆斯特丹的河流

十一月入夜的城市
唯有阿姆斯特丹的河流

突然

我家树上的橘子
在秋风中晃动

我关上窗户，也没有用
河流倒流，也没有用
那镶满珍珠的太阳，升起来了

也没有用
鸽群像铁屑散落
没有男孩子的街道突然显得空阔

秋雨过后

那爬满蜗牛的屋顶
——我的祖国

从阿姆斯特丹的河上，缓缓驶过……

（《多多诗选》花城出版社2005年）

当人民从干酪上站起

歌声，省略了革命的血腥
八月像一张残忍的弓
恶毒的儿子走出农舍
携带着烟草和干燥的喉咙
牲口被蒙上了野蛮的眼罩
屁股上挂着发黑的尸体像肿大的鼓
直到篱笆后面的牺牲也渐渐模糊
远远地，又开来冒烟的队伍……

（《多多诗选》花城出版社2005年）

芒　克

葡萄园

一小块葡萄园，
是我发甜的家。

当秋风突然走进哐哐作响的门口，
我的家园都是含着眼泪的葡萄。

那使园子早早暗下来的墙头，
几只鸽子惊慌飞走。

胆怯的孩子把弄脏的小脸
偷偷地藏在房后。

平时总是在这里转悠的狗，
这会儿不知溜到哪里去了。

一群红色的鸡满院子扑腾，
咯咯地叫个不停。

我眼看着葡萄掉在地上，
血在落叶中间流。

这真是个想安宁也不能安宁的日子，
这是在我家失去阳光的时候。

（原载《今天》1980年第9期）

阳光中的向日葵

你看到了吗
你看到阳光中的那棵向日葵了吗
你看它，它没有低下头
而是在把头转向身后
它把头转了过去
就好像是为了一口咬断
那套在它脖子上的
那牵在太阳手中的绳索

你看到它了吗
你看到那棵昂着头
怒视着太阳的向日葵了吗
它的头几乎已把太阳遮住
它的头即使是在没有太阳的时候
也依然在闪耀着光芒

你看到那棵向日葵了吗
你应该走近它
你走近它便会发现
它脚下的那片泥土
每抓起一把
都一定会攥出血来

（《阳光中的向日葵》漓江出版社1988年）

天空

一

太阳升起来。
把这天空
染成了血淋淋的盾牌。

二

日子像囚徒一样地被放逐。
没有人去问我，
没有人去宽恕我。

三

我始终暴露着。
把耻辱
用唾沫盖住。

四

呵，天空！
把你的疾病
从共和国的边境上扫除干净。

五

可是，希望变成了泪水，
掉在地上。
我们怎么能确保明天的人们
不悲伤！

六

我遥望着天空，
我属于天空。
天空啊，
你提醒着

那向我走来的世界！

七

为什么我在你面前走过
总会感到羞怯？
好像我老了，
我拄着棍子，
过去的青春终于落在我手中，
我拄着棍子！
天空，
你要把我赶到哪里去？
我为了你
才这样力尽筋疲。

八

谁不想把生活编织成花篮？
可是，
美好被打扫得干干净净。
我们这样年轻，
你能否愉悦着我们的眼睛？

九

带着你的温暖，
带着你的爱，
再用你的绿舟
将我远载。

十

希望，
请你不要去得太远，
你在我身边
就足以把我欺骗！

十一

太阳升起来，
天空，
这血淋淋的盾牌。

（原载《今天》1978年第1期）

梁小斌

中国，我的钥匙丢了

中国，我的钥匙丢了。

那是十多年前，
我沿着红色大街疯狂地奔跑，
我跑到了郊外的荒野上欢叫，
后来，
我的钥匙丢了。

心灵，苦难的心灵
不愿再流浪了，
我想回家，
打开抽屉、翻一翻我儿童时代的画片，
还看一看那夹在书页里的
翠绿的三叶草。

而且，
我还想打开书橱，

取出一本《海涅歌谣》，
我要去约会，
我向她举起这本书，
作为我向蓝天发出的
爱情的信号。

这一切，
这美好的一切都无法办到，
中国，我的钥匙丢了。

天，又开始下雨，
我的钥匙啊，
你躺在哪里？
我想风雨腐蚀了你，
你已经锈迹斑斑了；
不，我不那样认为，
我要顽强地寻找，
希望能把你重新找到。

太阳啊，
你看见了我的钥匙了吗？
愿你的光芒
为它热烈地照耀。
我在这广大的田野上行走，
我沿着心灵的足迹寻找，

那一切丢失了的，
我都在认真思考。

（原载《诗刊》1980年10月号）

雪白的墙

妈妈，
我看见了雪白的墙。

早晨，
我上街去买蜡笔，
看见一位工人
费了很大的力气，
在为长长的围墙粉刷。

他回头向我微笑，
他叫我
去告诉所有的小朋友：
以后不要在这墙上乱画。

妈妈，
我看见了雪白的墙。

这上面曾经那么肮脏，

写有很多粗暴的字。
妈妈，你也哭过，
就为那些辱骂的缘故，
爸爸不在了，
永远地不在了。

比我喝的牛奶还要洁白、
还要洁白的墙，
一直闪现在我的梦中，
它还站在地平线上，
在白天里闪烁着迷人的光芒，
我爱洁白的墙。

永远地不会在这墙上乱画，
不会的，
像妈妈一样温和的晴空啊，
你听到了吗？

妈妈，
我看见了雪白的墙。

（原载《诗刊》1980年10月号）

杨　炼

诺日朗

诺日朗：藏语，男神。四川著名风景区九寨沟有一座瀑布，一座雪山以此命名，地处川甘交界高原区。

一、日潮

高原如猛虎，焚烧于激流暴跳的万物的海滨
哦，只有光，落日浑圆地向你们泛滥，大地悬挂在空中

强盗的帆向手臂张开，岩石向胸脯，苍鹰向心……
牧羊人的孤独被无边起伏的灌木所吞噬
经幡飞扬，那凄厉的信仰，悠悠凌驾于蔚蓝之上

你们此刻为哪一片白云的消逝而默哀呢
在岁月脚下匍匐，忍受黄昏的驱使
成千上万座墓碑像犁一样抛锚在荒野尽头
互相遗弃，永远遗弃：把青铜还给土，让鲜血生锈

你们仍然朝每一阵雷霆倾泻着泪水吗
西风一年一度从沙砾深处唤醒淘金者的命运
栈道崩塌了峭壁无路可走，石孔的日晷是黑的
而古代女巫的天空再次裸露七朵莲花之谜

哦，光，神圣的红釉，火的崇拜火的舞蹈
洗涤呻吟的温柔，赋予苍穹一个破碎陶罐的宁静
你们终于被如此巨大的一瞬震撼了么
——太阳等着，为陨落的劫难，欢喜若狂

二、黄金树

我是瀑布的神，我是雪山的神
高大、雄健，主宰新月
成为所有江河的唯一首领
雀鸟在我胸前安家
浓郁的丛林遮盖着
那通往秘密池塘的小径
我的奔放像大群刚刚成年的牡鹿
欲望像三月
聚集起骚动中的力量
我是金黄色的树
收获黄金的树
热情的挑逗来自深渊
毫不理睬周围怯懦者的箴言

直到我的波涛把它充满
流浪的女性，水面闪烁的女性
谁是那迫使我啜饮的唯一的女性呢

我的目光克制住夜
十二支长号克制住番石榴花的风
我来到的每个地方，没有阴影
触摸过的每颗草莓化作辉煌的星辰
在世界中央升起
占有你们，我，真正的男人

三、血祭

用殷红的图案簇拥白色颅骨，供奉太阳和战争，
用杀婴的血，行割礼的血，滋养我绵绵不绝的生命
一把黑曜岩的刀剖开大地的胸膛，心被高高举起
无数旗帜像角斗士的鼓声，在晚霞间激荡
我活着，我微笑，骄傲地率领你们征服死亡
——用自己的血，给历史签名，装饰废墟和仪式

那么，擦去你的悲哀！让悬崖封闭群山的气魄
兀鹰一次又一次俯冲，像一阵阵风暴，把眼眶啄空
苦难祭台上奔跑或扑倒的躯体同时怒放
久久迷失的希望乘坐尖锐的饥饿归来，撒下呼啸与赞颂
你们听从什么发现了弧形地平线上孑然一身的壮丽

于是让血流尽：赴死的光荣，比死更强大
朝我奉献吧！四十名处女将歌唱你们的幸运
晒黑的皮肤像清脆的铜铃，在斋戒和守望里游行
那高贵的卑怯的、无辜的罪恶的、纯净的肮脏的潮汐
辽阔记忆，我的奥秘伴随抽搐的狂欢源源诞生
宝塔巍峨耸立，为山巅的暮色指引一条向天之路
你们解脱了——从血泊中，亲近神圣

（原载《上海文学》1983年5月号）

吉狄马加

被埋葬的词

我要寻找
被埋葬的词
你们知道
它是母腹的水
黑暗中闪光的鱼类

我要寻找的词
是夜空宝石般的星星
在它的身后
占卜者的双眸
含有飞鸟的影子

我要寻找的词
是祭师梦幻的火
它能召唤逝去的先辈
它能感应万物的灵魂

我要寻找
被埋葬的词
它是一个山地民族
通过母语，传授给子孙的
那些最隐秘的符号

（《吉狄马加诗选》四川文艺出版社1992年）

自画像

风在黄昏的山冈上悄悄对孩子说话
风走了，远方有一个童话等着它
孩子留下你的名字吧，在这块土地上
因为有一天你会自豪地死去

——题记

我是这片土地上用彝文写下的历史
是一个剪不断脐带的女人的婴儿
我痛苦的名字
我美丽的名字
我希望的名字
那是一个纺线女人
千百年来孕育着的
一首属于男人的诗
我传统的父亲

是男人中的男人
人们都叫他支呷阿鲁
我不老的母亲
是土地上的歌手
一条深沉的河流
我永恒的情人
是美人中的美人
人们都叫她呷玛阿妞
我是一千次死去
永远朝着左睡的男人
我是一千次死去
永远朝着右睡的女人
我是一千次葬礼开始后
那来自远方的友情
我是一千次葬礼高潮时
母亲喉头发颤的辅音

这一切虽然都包含了我
其实我是千百年来
正义和邪恶的抗争
其实我是千百年来
爱情和梦幻的儿孙
其实我是千百年来
一次没有完的婚礼
其实我是千百年来

一切背叛
一切忠诚
一切生
一切死
啊，世界，请听我回答
我——是——彝——人

（原载《诗刊》1985年3月号）

自由

我曾问过真正的智者
什么是自由？
智者的回答总是来自典籍
我以为那就是自由的全部
有一天在那拉提草原
傍晚时分
我看见一匹马
悠闲地走着，没有目的
一个喝醉了酒的
哈萨克骑手
在马背上酣睡
是的，智者解释的是自由的含义
但谁能告诉我，在那拉提草原
这匹马和它的骑手

谁更自由呢？

（原载《人民文学》2004年第7期）

叶延滨

水坝上的人喊我一声：延滨

——延安老家记行

一声喊，喊透了二十年
水坝上的人喊我声：延滨
二十年的日历哪怕是
一张一张薄薄的纸
叠起来也是堵厚厚的墙
二十年的风雨，哪怕是
清明几滴又重阳几滴
汇起来也是场滂沱大雨
——啊，二十年不改的乡音
一声唤，是几斤几两的情义？

我的泪还没落下来
妻的眼已经潮湿了
老嫂子喊我是我穿过她补的鞋
老汉喊我是我守夜抽过他一袋烟
后生女子们喊我是我为他们

破窑里的教室偷来块小黑板……
人啊！职位值几两？名声值几钱？
二十年还让乡亲们记得清
不是好汉也流一回英雄泪！

草木一春秋、二十年一茬人
猴娃娃站在畔看红火
他们不知我会写诗
大叔却夸我夸得诚：
“出息啦，咱这道沟又出了个
坐上小车回来的人
可惜出去的多，回来的少啊！”
啊，水坝的石夯在天上飞
一夯又一夯砸进我血腔子
出去的多，回来的少
回来的我心头是九分艳阳一分郁郁的云……

出去有元帅出去有总理
最没出息的也算个诗人
而这土还是土，长谷子种苞米
而这水还是水，水长流流向东
而这蓝格英英的苍穹下的人呀
还是这样的人——
与土一道与水一道与风雨一道
与汗水和种子一道

种太阳
种月亮

（原载《诗刊》1992年5月号）

我愧对她头上的白发

十年，在九百六十万平方公里舞台，
有多少个悲欢离合，多少个想不到？……
我多么不愿用一滴辛酸的泪，
作为对干妈所有美好回忆的句号！
啊，十月的鞭炮炸响，
乡亲们才告诉我这个噩耗，
三年前，她就死了，
死于陕北最平平常常的病，
胃出血，加上年老……
啊，三年！是哪一个好心的乡亲，
在骗我，每月一次地：
“放心吧，我很好、很好！”

怪谁呢！怪谁？谁？！
没牙的嘴啃着麡糠的窝窝，
佝偻的腰背着沉重的柴草，
贫困——熬尽了她生命的最后一滴血，
枯了，像一根草……

不！这个回答，我接受不了，
延安，四十年前红星就在这里照耀！
她说过，当她还是一个新媳妇，
也演过“兄妹开荒”，
唱过“挖掉了穷根根眉梢梢笑”！

“共产党人好比种子，人民好比土地。”
啊，请百倍爱护我们的土地吧——
如果大地贫瘠得像沙漠，像戈壁，
任何种子，都将失去发芽的生命力！！
——干妈，我愧对你满头的白发……

干妈，你咧开豁牙的嘴笑了，
告诉我，你那没合上的嘴，
想对我说些什么话？！……

（原载《诗刊》1980年10月号）

一个音符过去了

一个音符过去了
那个旋律还在飞扬，那首歌
还在我们的头上传唱

一滴水就这么挥发了

在浪花飞溅之后，浪花走了
那个大海却依旧辽阔

一根松叶像针一样掉了
落在森林的地衣上，而树林迎着风
还是吟咏着松涛的雄浑

一只雁翎从空中飘落了
秋天仍旧在人字的雁阵中，秋天仍旧
让霜花追赶着雁群南下

一盏灯被风吹灭了
吹灭灯的村庄在风中，风中传来
村庄渐低渐远的狗吠声

一颗流星划过了夜空
头上的星空还那么璀璨，仿佛从来如此
永远没有星子走失的故事

一根白发悄然离去了
一只手拂过额头，还在搜索
刚刚写下的这行诗句——

啊，一个人死了，而我们想着他的死
他活在我们想他的日子

日子说：他在前面等你……

（原载《文学港》2005年第5期）

于 坚

避雨的鸟

一只鸟在我的阳台上避雨
青鸟 小小地跳着
一朵温柔的火焰
我打开窗子
希望它会飞进我的房间
说不清是什么念头
我撒些饭粒 还模仿着一种叫声
青鸟 看看我 又看看暴雨
雨越下越大 闪电湿淋淋地垂下
青鸟 突然飞去 朝着暴风雨消失
一阵寒颤 似乎熄灭的不是那朵火焰
而是我的心灵

（原载《人民文学》1989年第4期）

纯棉的母亲

纯棉的母亲　100%的棉
这意思就是俗不可耐的
温暖柔软包裹着……
落后于时代的料子
总是为儿子们怕冷怕热
极易划破在电话里
说到为她买毛衣的事情
我的声音稍微大了点
就感到她握着另一个听筒
在发愣永远改造不过来的
小家碧玉到了六十五岁
依然会脸红在陌生人面前
在校长面前总是被时代板着脸
呵斥拦手绊脚的包袱
只知道过日子只会缝缝补补
开会斗争她要喂奶
我母亲勇敢地抖开尿布
在铁和红旗之间美丽地妊娠
她不得不把我的摇篮交给组织
炼钢铁她用憋出来的普通话
催促我复习课文盼望我
成为永远的100分
但她每天总是要梳头要把小圆镜

举到亮处要搽雪花膏
“起来慵整纤纤手
露浓花瘦薄汗轻衣透”
要流些眼泪抱怨着
没有梳妆台和粉
妖精般的小动作露出破绽
窈窕淑女旧小说中常见的角色
这是她无法掩盖的出身
我终于看出我母亲
比她的时代美丽得多
与那铁板一样坚硬的胸部不同
她丰满地隆起像大地上
破苞而出的棉花
那些正在看大字报的眼睛
会忽然醒过来闪烁
我敢于在1954年
出生并开始说话
这要归功于我的母亲
经过千百次的洗涤熨烫
百孔千疮
她依然是100%的
纯棉

（原载《人民文学》2001年第6期）

对一只乌鸦的命名

从看不见的某处
乌鸦用脚趾踢开秋天的云块
潜入我的眼睛上垂着风和光的天空
乌鸦的符号　黑夜修女熬制的硫酸
嗞嗞地洞穿鸟群的床垫
堕落在我内心的树枝
像少年时期　在故乡的树顶征服鸦巢
我的手　再也不能触摸秋天的风景
它爬上另一棵大树　要把另一只乌鸦
从它的黑暗中掏出
乌鸦　在往昔是一种鸟肉　一堆毛和肠子
现在　是叙述的愿望说的冲动
也许　是厄运当头的自我安慰
是对一片不祥阴影的逃脱
这种活计是看不见的　比童年
用最大胆的手　伸进长满尖喙的黑穴　更难
当一只乌鸦　栖息在我内心的旷野
我要说的　不是它的象征　它的隐喻或神话
我要说的　只是一只乌鸦　正像当年
我从未在一个鸦巢中抓出过一只鸽子
从童年到今天　我的双手已长满语言的老茧
但作为诗人　我还没有说出过一只乌鸦

深谋远虑的年纪　精通各种灵感　辞格和韵脚
像写作之初　把笔整支地浸入墨水瓶
我想　对付这只乌鸦　词素　一开始就得黑透
皮　骨头和肉　血的走向以及
披露在天空中的飞行　都要黑透
乌鸦　就是从黑透的开始　飞向黑透的结局
黑透就是从诞生就进入永恒的孤独和偏见
进入无所不在的迫害和追捕

它不是鸟　它是乌鸦
充满恶意的世界　每一秒钟
都有一万个借口　以光明或美的名义
朝这个代表黑暗势力的活靶　开枪
它不会因此逃到乌鸦以外
飞得高些　僭越鹰的座位
或者降得矮些　混迹于蚂蚁的海拔
天空的打洞者　它是它的黑洞穴　它的黑钻头
它只在它的高度　乌鸦的高度
驾驶着它的方位　它的时间　它的乘客
它只是一只快乐的　大嘴巴的乌鸦
在它的外面世界只是臆造
只是一只乌鸦无边无际的灵感
你们　辽阔的天空和大地　辽阔之外的辽阔
你们　于坚以及一代又一代的读者
都是一只乌鸦巢中的食物

我断定　这只乌鸦　只消几十个单词就能说出
形容的结果　它被说成是一只黑箱
可是我不知道谁拿着箱子的钥匙
我不知道是谁在构思一只乌鸦藏在黑暗中的密码
在第二次形容中它作为一位裹着绑腿的牧师出现
这位圣子正在天堂的大墙下面　寻找入口
可我明白　乌鸦的居所　比牧师　更挨近上帝
或许某一天它在教堂的尖顶上
已窥见过那位拿撒勒人的玉体
当我形容乌鸦是永恒黑夜饲养的天鹅
一群具体的鸟　闪着天鹅之光　正焕然飞过我身旁
那片明亮的沼泽
这事实立即让我丧失了对这个比喻的全部信心
我把“落下”这个动词安放在它的翅膀之上
它却以一架飞机的风度“扶摇九天”
我对它说出“沉默”　它却伫立于“无言”
我看见这只无法无天的巫鸟
在我头上的天空牵引着一大群动词　乌鸦的动词
我说不出它们　我的舌头被这些铆钉卡住
我看着它们在天空急速上升　跳跃
下沉到阳光中　又聚拢在云之上
自由自在　变化组合着乌鸦的各种图案

那日　我像个空心的稻草人　站在空地

所有心思　都浸淫在一只乌鸦之中
我清楚地感受到乌鸦　感觉到它黑暗的肉
黑暗的心　可我逃不出这个没有阳光的城堡
当它在飞翔　就是我在飞翔
我又如何能抵达乌鸦之外　把它捉住
那日　当我仰望苍天　所有的乌鸦都已黑透
餐尸的族　我早该视而不见　在故乡的天空
我曾经一度捉住过它们　那时我多么天真
一嗅着那股死亡的臭味　我就惊惶地把手松开
对于天空　我早就该只瞩目于云雀　白鸽
我生来就了解并热爱这些美丽的天使
可是当那一日　我看见一只鸟
一只丑陋的　有乌鸦那种颜色的鸟
被天空灰色的绳子吊着
受难的双腿　像木偶那样绷直
斜搭在空气的坡上
围绕着某一中心　旋转着
巨大而虚无的圆圈
当那日　我听见一串串不祥的叫喊
挂在看不见的某处
我就想　说点什么
以向世界表白　我并不害怕
那些看不见的声音

（原载《非非》1992年复刊号）

李亚伟

萨克斯

那些被止住的空气充满了海腥味儿
鱼和轮船都沉不下去！

我看见了爱人在远处那张丢不尽的脸，萨克斯！
沿着发亮的栏杆弯曲到眉毛
我被旁人眺望，我永远只被社会发现一半！
我的耳朵里有贝壳的走廊，萨克斯！
从那小小的通道里
我正被送到新疆去劳改

我是一个从天上掉下来的语言打手
汉字是我自杀的高级旅馆
在语法的大道上，每当白云们游过了家乡的屋顶
我便坐在一只猫头鹰的眼中过夜！
萨克斯，我要披着长发从船上下来唱着情歌告诉你们
一次成功的爱情毁掉了一个诗人
一次失败的航行却成全了一个杂种！

尽管我曾多么的浪漫，走遍了天涯……

（《豪猪的诗篇》花城出版社2006年）

苏东坡和他的朋友们

古人宽大的衣袖里
藏着纸、笔和他们的手
他们咳嗽
和七律一样整齐

他们鞠躬
有时著书立说，或者
在江上向后人推出排比句
他们随时都有打拱的可能

古人老是回忆更古的人
常常动手写历史
因为毛笔太软
而不能入木三分
他们就用衣袖捂着嘴笑自己

这些古人很少谈恋爱
娶个叫老婆的东西就行了
爱情从不发生三国鼎立的不幸事件

多数时候去看看山
看看遥远的天
坐一叶扁舟去看短暂的人生

他们这些骑着马
在古代彷徨的知识分子
偶尔也把笔扛到皇帝面前去玩
提成千韵脚的意见
有时采纳了，天下太平
多数时候成了右派的光荣先驱

这些乘坐毛笔大字兜风的学者
这些看风水的老手
提着赋去赤壁把酒
挽着比、兴在杨柳岸徘徊
喝酒或不喝酒时
都容易想到沦陷的边塞
他们慷慨悲歌

唉，这些进士们喝了酒
便开始写诗
他们的长衫也像毛笔
从人生之旅上缓缓涂过
朝廷里他们硬撑着瘦弱的身子骨做人
偶尔也当当县令

多数时候被贬到遥远的地方
写些伤感的宋词

（《莽汉·撒娇——李亚伟·默默诗选》
时代文艺出版社2005年）

女友

两个她沿湖岸走来
傍晚，她一人回去
一缕风在她头上长啸

有一次我竟成了她的伴侣
“你住哪儿？”她问
“东八区”
“东经115°吧？”
看来，她认识我

她老沿着经线散步
夜间，我都能听到地图上
她沙沙沙的脚步声
“我们不能在一起。因为经度不同
相遇是因为夕阳斜视，很偶然”

我才发现我们是影子在谈话

一阵风从地图上刮过，远海
夕阳驱赶鱼群，鳞片闪闪

一个丈夫在海边拍摄远方妻子的肖像
他调焦距而且按了一下自己的心
他看见妻子消瘦而又漂亮

而我的女友去年就到南方去了
太阳正在天上长皱纹，这是
她最后抛给我的金苹果

我想拍摄她，不过我知道
夕阳已把她的影子投给
另一个与我息息相关的人

（原载《诗刊》1999年6月号）

欧阳江河

玻璃工厂

1

从看见到看见，中间只有玻璃。
从脸到脸
隔开是看不见的。
在玻璃中，物质并不透明。
整个玻璃工厂是一只巨大的眼珠，
劳动是其中最黑的部分，
它的白天在事物的核心闪耀。
事物坚持了最初的泪水，
就像鸟在一片纯光中坚持了阴影。
以黑暗方式收回光芒，然后奉献。
在到处都是玻璃的地方，
玻璃已经不是它自己，而是
一种精神。
就像到处都是空气，空气近乎不存在。

2

工厂附近是大海。
对水的认识就是对玻璃的认识。
凝固，寒冷，易碎，
这些都是透明的代价。
透明是一种神秘的、能看见波浪的语言，
我在说出它的时候已经脱离了它，
脱离了杯子、茶几、穿衣镜，所有这些
具体的、成批生产的物质。
但我又置身于物质的包围之中，生命被欲望充满。
语言溢出，枯竭，在透明之前。
语言就是飞翔，就是
以空旷对空旷，以闪电对闪电。
如此多的天空在飞鸟的身体之外，
而一只孤鸟的影子
可以是光在海上的轻轻的擦痕。
有什么东西从玻璃上划过，比影子更轻，
比切口更深，比刀锋更难逾越。
裂缝是看不见的。

3

我来了，我看见，我说出。
语言和时间浑浊，泥沙俱下，

一片盲目从中心散开。
同样的经验也发生在玻璃内部。
火焰的呼吸，火焰的心脏。
所谓玻璃就是水在火焰里改变态度，
就是两种精神相遇，
两次毁灭进入同一永生。
水经过火焰变成玻璃，
变成零度以下的冷漠的燃烧，
像一个真理或一种感情
浅显，清晰，拒绝流动。
在果实里，在大海深处，水从不流动。

4

那么这就是我看到的玻璃——
依旧是石头，但已不再坚固。
依旧是火焰，但已不复温暖。
依旧是水，但既不柔软也不流逝。
它是一些伤口但从不流血。
它是一种声音但从不经过寂静。
从失去到失去，这就是玻璃。
语言和时间透明，
付出高代价。

5

在同一工厂我看见三种玻璃：
物态的，装饰的，象征的。
人们告诉我玻璃的父亲是一些混乱的石头。
在石头的空虚里，死亡并非终结，
而是一种可改变的原始的事实。
石头粉碎，玻璃诞生。
这是真实的。但还有另一种真实
把我引入另一种境界：从高处到高处。
在那种真实里玻璃仅仅是水，是已经
或正在变硬的、有骨头的、泼不掉的水，
而火焰是彻骨的寒冷，
并且最美丽的也最容易破碎。
世间一切崇高的事物，以及
事物的眼泪。

（原载《诗刊》1987年11月号）

汉英之间

我居住在汉字的块垒里，
在这些和那些形象的顾盼之间。
它们孤立而贯穿，肢体摇晃不定，
节奏单一如连续的枪。

一片响声之后，汉字变得简单。
掉下了一些胳膊，腿，眼睛，
但语言依然在行走，伸出，以及看见。
那样一种神秘养育了饥饿。
并且，省下很多好吃的日子，
让我和同一种族的人分食、挑剔。
在本地口音中，在团结如一个晶体的方言
在古代和现代汉语的混为一谈中，
我的嘴唇像是圆形废墟，
牙齿陷入空旷
没碰到一根骨头。
如此风景，如此肉，汉语盛宴天下。
我吃完我那份日子，又吃古人的，直到

一天傍晚，我去英语之角散步，看见
一群中国人围住一个美国佬，我猜他们
想迁居到英语里面。但英语在中国没有领地。
它只是一门课，一种会话方式，电视节目，
大学的一个系，考试和纸。
在纸上我感到中国人和铅笔的酷似。
轻描淡写，磨损橡皮的一生。
经历了太多的墨水，眼镜，打字机
以及铅的沉重之后，
英语已经轻松自如，卷起在中国的一角。
它使我们习惯了缩写和外交辞令，

还有西餐，刀叉，阿司匹林。
这样的变化不涉及鼻子
和皮肤。像每天早晨的牙刷
英语在牙齿上走着，使汉语变白。
从前吃书吃死人，因此

我天天刷牙。这关系到水、卫生和比较。
由此产生了口感，滋味说，
以及日常用语的种种差异。
还关系到一只手：它伸进英语，
中指和食指分开，模拟
一个字母，一次胜利，一种
对自我的纳粹式体验。
一支烟落地，只燃到一半就熄灭了，
像一段历史。历史就是苦于口吃的
战争，再往前是第三帝国，是希特勒。
我不知道这个狂人是否枪杀过英语，枪杀过
莎士比亚和济慈。
但我知道，有牛津辞典里的、贵族的英语，
也有武装到牙齿的、丘吉尔或罗斯福的英语。
它的隐喻、它的物质、它的破坏的美学，
在广岛和长崎爆炸。
我看见一堆堆汉字在日语中变成尸首——
但在语言之外，中国和英美结盟。
我读过这段历史，感到极为可疑。

我不知道历史和我谁更荒谬。

一百多年了，汉英之间，究竟发生了什么？
为什么如此多的中国人移居英语，
努力成为黄种白人，而把汉语
看作离婚的前妻，看作破镜里的家园？究竟
发生了什么？我独自一人在汉语中幽居，
与众多纸人对话，空想着英语，
并看更多的中国人跻身其间，
从一个象形的人变成一个拼音的人。

（原载《诗刊》1987年11月号）

公开的独白

——悼念埃兹拉·庞德

他死了，我们还活着。
我们不认识他就像从不认识世界。
他的遗容化作不朽的面具，
迫使我们彼此相似
没有自己，也没有别人。
他祝福过的每一颗苹果
都长成秋天，结出更多的苹果和饥饿。
我们看见的每一只飞鸟都是他的灵魂。
他布下的阴影比一切光明更热烈。

他最终的葬身之地是书卷。
那儿，我们的生命
就像偶然的笔误被轻轻删去。
真理如此简单，只需简单地说出
然后忘掉。
所有眼睛只为一瞥而睁开。
没有他的歌，我们不会有嘴唇。
但我们唱过并且继续唱下去的
不是歌，而是无边的寂静
手枪
手枪可以拆开
拆作两件不相关的东西
一件是手，一件是枪
枪变长可以成为一个党
手涂黑可以成为另一个党

而东西本身可以再拆
直到成为相反的向度
世界在无穷的拆字法中分离

人用一只眼睛寻找爱情
另一只眼睛压进枪膛
子弹眉来眼去
鼻子对准敌人的客厅
政治向左倾斜

一个人朝东方开枪
另一个人在西方倒下
黑手党戴上白手套
长枪党改用短枪
永远的维纳斯站在石头里
她的手拒绝人类
从她的胸脯拉出两只抽屉
里面有两粒子弹、一支枪
要扣响时成为玩具
谋杀，一次哑火

（原载《诗刊》1988年8月号）

海　子

亚洲铜

亚洲铜，亚洲铜
祖父死在这里，父亲死在这里，我也将死在这里
你是唯一的一块埋人的地方

亚洲铜，亚洲铜
爱怀疑和爱飞翔的是鸟，淹没一切的是海水
你的主人却是青草，住在自己细小的腰上，守住野花的手掌和秘密

亚洲铜，亚洲铜
看见了吗？那两只白鸽子，它是屈原遗落在沙滩上的白鞋子
让我们——我们和河流一起，穿上它吧

亚洲铜，亚洲铜
击鼓之后，我们把黑暗中跳舞的心脏叫做月亮
这月亮主要由你构成

（原载《草原》1985年第4期）

日记

姐姐，今夜我在德令哈，夜色笼罩
姐姐，今夜我只有戈壁

草原尽头我两手空空
悲痛时握不住一颗泪滴
姐姐，今夜我在德令哈
这是雨水中一座荒凉的城

除了那些路过的和居住的
德令哈……今夜
这是唯一的，最后的，抒情
这是唯一的，最后的，草原

我把石头还给石头
让胜利的胜利
今夜青稞只属于她自己
一切都在生长
今夜我只有美丽的戈壁空空
姐姐，今夜我不关心人类，我只想你

（《海子诗全编》上海三联书店1997年）

面朝大海，春暖花开

从明天起，做一个幸福的人
喂马，劈柴，周游世界
从明天起，关心粮食和蔬菜
我有一所房子，面朝大海，春暖花开

从明天起，和每一个亲人通信
告诉他们我的幸福
那幸福的闪电告诉我的
我将告诉每一个人

给每一条河每一座山取一个温暖的名字
陌生人，我也为你祝福
愿你有一个灿烂的前程
愿你有情人终成眷属
愿你在尘世获得幸福
我只愿面朝大海，春暖花开

（《海子诗全编》上海三联书店1997年）

西　川

在哈尔盖仰望星空

有一种神秘你无法驾驭
你只能充当旁观者的角色
听凭那神秘的力量
从遥远的地方发出信号
射出光来，穿透你的心
像今夜，在哈尔盖
在这个远离城市的荒凉的
地方，在这青藏高原上的
一个蚕豆般大小的火车站旁
我抬起头来眺望星空
这时河汉无声，鸟翼稀薄
青草向群星疯狂地生长
马群忘记了飞翔
风吹着空旷的夜也吹着我
风吹着未来也吹着过去
我成为某个人，某间
点着油灯的陋室

而这陋室冰凉的屋顶
被群星的亿万只脚踩成祭坛
我像一个领取圣餐的孩子
放大了胆子，但屏住呼吸

（原载《诗神》1986年第2期）

杜甫

你的深仁大爱容纳下了
那么多的太阳和雨水；那么多的悲苦
被你最终转化为歌吟
无数个秋天指向今夜
我终于爱上了眼前褪色的
街道和松林

在两条大河之间，在你曾经歇息的
乡村客栈，我终于听到了
一种声音：磅礴，结实又沉稳
有如茁壮的牡丹迟开于长安
在一个晦暗的时代
你是唯一的灵魂

美丽的山河必须信赖
你的清瘦，这易于毁灭的文明

必须经过你的触摸然后得以保存
你有近乎愚蠢的勇气
倾听内心倾斜的烛火
你甚至从未听说过济慈和叶芝

秋风，吹亮了山巅的明月
乌鸦，撞开你的门扉
皇帝的车马隆隆驰过
继之而来的是饥饿和土匪
但伟大的艺术不是刀枪
它出于善，趋向于纯粹

千万间广厦遮住了地平线
是你建造了它们，以便怀念那些
流浪中途的妇女和男人
而拯救是徒劳，你比我们更清楚
所谓未来，不过是往昔
所谓希望，不过是命运

（原载《诗刊》2001年10月号）

夕阳中的蝙蝠

在戈雅的绘画里，它们给艺术家
带来了噩梦。它们上下翻飞

忽左忽右；它们窃窃私语
却从不把艺术家叫醒

说不出的快乐浮现在它们那
人类的面孔上。这些似鸟
而不是鸟的生物，浑身漆黑
与黑暗结合，似水不开花的种子

似无望解脱的精灵
盲目，凶残，被意志引导
有时又倒挂在枝丫上
似片片枯叶，令人哀悯

而在其他的故事里，它们在
潮湿的岩穴里栖身
太阳落山是它们出行的时刻
觅食，生育，然后无影无踪

它们会强拉一个梦游人入伙
它们会夺下他手中的火把将它熄灭
它们也会赶走一只入侵的狼
让它跌落山谷，无话可说

在夜晚，如果有孩子迟迟不睡
那定是由于一只蝙蝠

躲过了守夜人酸疼的眼睛
来到附近，向他讲述命运

一只，两只，三只蝙蝠
没有财产，没有家园，怎能给人
带来福祉？月亮的盈亏褪尽了它们的
羽毛；它们是丑陋的，也是无名的

它们的铁石心肠从未使我动心
直到有一个夏季黄昏
我路过旧居时看到一群玩耍的孩子
看到更多的蝙蝠在它们头顶翻飞

夕光在胡同里布下了阴影
也为那些蝙蝠镀上了金衣
它们翻飞在那油漆剥落的街门外
对于命运却沉默不语

在古老的事物中，一只蝙蝠
正是一种怀念。它们闲暇的姿态
挽留了我，使我久久停留
在那片城区，在我长大的胡同里

（原载《诗刊》2000年8月号）

黄灿然

献给妻子

很久了，我没有给你写诗，
你曾是我灵感的唯一源泉；
在我这久经风浪的心底
仍时常激荡着我们的初恋；

但是我的心实在是衰老了
因为它过早地遇到了风暴
并从多次的险境中逃脱，
我怎能不抒发这种逼迫？

现在我在异乡艰苦劳动，
为了让你的双手与众不同：
以前没有受过磨难，以后

也将永远闲置在安适之中：
繁重的工作就是我的情诗，

所有的成果全部献给你。

（《世界的隐喻》文化艺术出版社1998年）

黑暗中的少女

一张瓜子脸。生辉的额、乌亮的发
使她周围的黑暗失色，她在黑暗中
整理垃圾，坚定、从容、健康，
眼里透出微光，隐藏着生活的信仰。

她的母亲，一脸忧悒，显然受过磨难
并且还在受着煎熬，也许丈夫是个赌棍
或者酒徒，或者得了肺痨死去了，
也许他在尘土里从不知道自己有个女儿。

每天凌晨时分我下班回家，穿过小巷，
远远看见她在黑暗中跟母亲一起
默默整理一袋袋垃圾，我没敢多看她一眼，
唯恐碰上那微光，会怀疑起自己的信仰。

（《世界的隐喻》文化艺术出版社1998年）

作为诗人

作为诗人，我更像哲学家，
生活简单，可悲地不合群，
哪怕在诗人中间，也像
在写作时一样孤独，
或像参加朗诵会，
一个人站在台上，
被一盏聚光灯突出。

作为职员，我更像老板，
在同事中间，又置身事外，
或像一个接线员，认真
而不关心，傍晚上班，
凌晨下班，上午睡觉，
下午起床，平平稳稳，
像在一个避风港。

作为丈夫，作为父亲，
我更像一个青春期的儿子，
家是中心，但坚持拥有
一个属于自己的世界，
也希望妻子和女儿
拥有她们自己的世界，
好像我们是兄弟姐妹。

作为病人，我昨夜下班后
去医院看急诊，我耳垂下
长了一个脓包，要动手术，
我坐在候诊室里等待，
感觉到自己是真正的普通人，
在病人中间，跟他们打成一片，
在同一条忐忑不安的线上。

作为旁观者，我看见
一个少年高高兴兴来到登记处，
像一个考了满分的学生，
报告他被一只狗咬了；
另一个少年，被母亲辛苦地抱着，
看上去已经昏迷，护士忙问什么事，
他母亲回答说：他感冒了！

作为诗人，作为病人，
作为旁观者，我看见
替我割脓包的中年医生
像个真正的职员，看得出
他还是个丈夫和父亲，
当他打开我头顶上的聚光灯，
我感到他比我还孤独。

（《我的灵魂》天地图书有限公司2009年）

王家新

帕斯捷尔纳克

不能到你的墓地献上一束花
却注定要以一生的倾注，读你的诗
以几千里风雪的穿越
一个节日的破碎，和我灵魂的战栗

终于能按照自己的内心写作了
却不能按一个人的内心生活
这是我们共同的悲剧
你的嘴角更加缄默，那是

命运的秘密，你不能说出
只是承受！承受。让笔下的刻痕加深
为了获得，而放弃
为了生，你要求自己去死，彻底地死

这就是你，从一次次劫难里你找到我
检验我，使我的生命骤然疼痛

从雪到雪，我在北京的轰响泥泞的
公共汽车上读你的诗，我在心中

呼喊那些高贵的名字
那些放逐、牺牲、见证，那些
在弥撒曲的震颤中相逢的灵魂
那些死亡中的闪耀，和我的

自己的土地！那北方牲畜眼中的泪光
在风中燃烧的枫叶
人民胃中的黑暗、饥饿，我怎能
撇开这一切来谈论我自己？

正如你，要忍受更疯狂的风雪扑打
才能守住你的俄罗斯，你的
拉丽萨，那美丽的、再也不能伤害的
你的，不敢相信的奇迹

带着一身雪的寒气，就在眼前！
还有烛光照亮的列维坦的秋天
普希金诗韵中的死亡、赞美、罪孽
春天到来，广阔大地裸现的黑色

把灵魂朝向这一切吧，诗人
这是幸福，是从心底升起的最高律令

不是苦难，是你最终承担起的这些
仍无可阻止地，前来寻找我们

发掘我们：它在要求着一个对称
或一支比天空更高远的安魂曲
而我们，又以什么走到你的墓前？
这是耻辱！这是北京的十二月的冬天

这是你目光中的忧伤、探询和质问
钟声一样，压迫着我的灵魂
这是痛苦，是幸福，要说出它
需要以冰雪来弥漫我的一生

（原载《花城》1991年第2期）

田园诗

如果你在京郊的乡村路上漫游
你会经常遇见羊群
它们在田野中散开，像不化的雪
像膨胀的绽开的花朵
或是缩成一团穿过公路，被吆喝着
走下杂草丛生的沟渠

我从来没有注意过它们

直到有一次我开车开到一辆卡车的后面
在一个飘雪的下午
这一次我看清了它们的眼睛
（而它们也在上面看着我）
那样温良，那样安静
像是全然不知它们将被带到什么地方
对于我的到来甚至怀有
几分孩子似的好奇

我放慢了车速
我看着它们
消失在愈来愈大的雪花中

（原载《人民文学》2005年第10期）

简单的自传

我现在写诗
而我早年的乐趣是滚铁环
一个人，在放学的路上
在金色的夕光中
把铁环从半山坡上使劲往上推
然后看着它摇摇晃晃地滚下来
用手猛地接住
再使劲地往山上推

就这样一次，又一次——

如今我已写诗多年
那个男孩仍在滚动他的铁环
他仍在那面山坡上推
他仍在无声地喊
他的后背上已长出了翅膀
而我在写作中停了下来
也许，我在等待——
那只闪闪发亮的铁环从山上
一路跌落到深谷里时
溅起的无穷回音？

我在等待那一声最深的哭喊

（原载《青年文学》2006年第1期）

翟永明

独白

我，一个狂想，充满深渊的魅力
偶然被你诞生。泥土和天空
二者合一，你把我叫作女人
并强化了我的身体

我是软得像水的白色羽毛体
你把我捧在手上，我就容纳这个世界
穿着肉体凡胎，在阳光下
我是如此炫目，使你难以置信

我是最温柔最懂事的女人
看穿一切却愿分担一切
渴望一个冬天，一个巨大的黑夜
以心为界，我想握住你的手
但在你的面前我的姿态就是一种惨败

当你走时，我的痛苦
要把我的心从口中呕出
用爱杀死你，这是谁的禁忌？
太阳为全世界升起！我只为了你
以最仇恨的柔情蜜意贯注你全身
从脚至顶，我有我的方式

一片呼救声，灵魂也能伸出手？
大海作为我的血液就能把我
高举到落日脚下，有谁记得我？
但我所记得的，绝不仅仅是一生

（原载《诗刊》1986年9月号）

母亲

无力到达的地方太多了，脚在疼痛，母亲，你没有
教会我在贪婪的朝霞中染上古老的哀愁。我的心只像你

你是我的母亲，我甚至是你的血液在黎明流出的
血泊中使你惊讶地看到你自己，你使我醒来

听到这世界的声音，你让我生下来，你让我与不幸构成
这世界的可怕的双胞胎。多年来，我已记不得今夜的哭声
那使你受孕的光芒，来得多么遥远，多么可疑，站在生与死

之间，你的眼睛拥有黑暗而进入脚底的阴影何等沉重

在你怀抱之中，我曾露出谜底似的笑容，有谁知道
你让我以童贞方式领悟一切，但我却无动于衷
我把这世界当作处女，难道我对着你发出的
爽朗的笑声没有燃烧起足够的夏季吗？没有？

我被遗弃在世上，只身一人，太阳的光线悲哀地
笼罩着我，当你俯身世界时是否知道你遗落了什么？

岁月把我放在磨子里，让我亲眼看着自己被碾碎
呵，母亲，当我终于变得沉默，你是否为之欣喜

没有人知道我是怎样不着痕迹地爱你，这秘密
来自你的一部分，我的眼睛像两个伤口痛苦地望着你

活着为了活着，我自取灭亡，以对抗亘古已久的爱
一块石头被抛弃，直到像骨髓一样风干，这世界

有了孤儿，使一切祝福暴露无遗，然而谁最清楚
凡在母亲手上站过的人，终会因诞生而死去

（原载《诗刊》1986年9月号）

预感

穿黑裙的女人自夜而来
她秘密的一瞥使我精疲力竭
我突然想起这个季节鱼都会死去
而每条路都穿越飞鸟的痕迹

貌似尸体的山峦被黑暗拖曳
附近灌木的心跳隐约可闻
那些巨大的鸟从空中向我俯视
带着人类的眼神
在一种秘而不宣的野蛮空气中
冬天起伏着残酷的雄性意识

我一向有着不同寻常的平静
犹如盲者，因此我在白天看见黑夜
婴儿般直率，我的指纹
已没有更多的悲哀可提供
脚步！正在变老的声音
梦显得若有所知，从自己的眼睛里
我看到了忘记开花的时辰
给黄昏施加压力

鲜苔含在口中，他们所恳求的意义
把微笑会心地折入怀中

夜晚似有似无地痉挛，像一声咳嗽
憋在喉咙，我已离开这个死洞

（原载《诗刊》1986年9月号）

张　枣

灯芯绒幸福的舞蹈

1

“它是光，”我抬起头，驰心
向外，“她理应修饰。”
我的目光注视舞台，
它由各种器皿搭就构成。
我看见的她，全是为我
而舞蹈，我没有在意

她大部分真实。台上
锣鼓喧天，人群熙攘；
她的影儿守舍身后，
不像她的面目，
衬着灯芯绒
我直看她姣美的式样，待到
天凉，第一声叶落，我对

近身的人士说："秀色可餐。"
我跪下身，不顾尘垢，
而她更是四肢生辉。出场
入场，声色更迭；变幻的器皿
模棱两可；各种用途之间
她的灯芯绒磨损，陈旧。

天地悠悠，我的五官狂蹦
乱跳，而舞台，随造随拆。
衣着乃变幻："许多夕照后
东西会越变越美。"
我站起，面无愧色，可惜
话声未落，就听得一声叹喟。

2

我看到自己软弱而且美，
我舞蹈，旋转中不动。
他的梦，梦见了梦，明月皎皎，
映出灯芯绒——我的格式
又是世界的格式；
我和他合一舞蹈。

我并未含混不清，
只因生活是件真事情。

“君子不器，”我严格，
却一贯忘怀自己，
我是酒中的光，
是分币的企图，如此妩媚

我更不想以假乱真；
只因技艺纯熟（天生的）
我之与他才如此陌生。
我的衣裳丝毫未改，
我的影子也热泪盈盈，
这一点，我和他理解不同。

我最终要去责怪他。
可他，不会明白这番道理，
除非他再来一次，设身处地，
他才不会那样挑选我
像挑选一只鲜果。
“唉，遗失的只与遗失者在一起。”
我只好长长叹息。

（原载《作家》1989年第7期）

镜中

只要想起一生中后悔的事

梅花便落了下来
比如看她游泳到河的另一岸
比如登上一株松木梯子
危险的事固然美丽
不如看她骑马归来
面颊温暖，
羞涩。低下头，回答着皇帝
一面镜子永远等候她
让她坐到镜中常坐的地方
望着窗外，只要想起一生中后悔的事
梅花便落满了南山

（《春秋来信》文化艺术出版社1998年）

何人斯

究竟是什么人？在外面的声音
只可能在外面，你的心地幽深莫测
青苔的井边有棵铁树。进了门
为何你不来找我，只是溜向
悬满干鱼的木梁下，我们曾经
一同结网，你钟爱过跟水波说话的我
你此刻追踪的是什么？
为何对我如此暴虐？

我们有时也背靠着背，韶华流水
我抚平你额上的皱纹，手掌因编织
而温暖；你和我本来是一件东西
享受另一件东西；纸窗、星宿和锅
谁使眼睛昏花
一片雪花转为两片雪花
鲜鱼开了膛，血腥淋漓；你进了门
为何不来问寒问暖
冷冰冰地溜动，门外的山丘缄默

这是我钟情的第十个月
我的光阴嫁给了一个影子
我咬一口自己摘来的鲜桃，让你
清洁的牙齿也尝一口；甜润的
让你全身也膨胀如感激
为何只有你说话的声音
不见你遗留的晚餐皮果
空空的外衣留着灰垢
不见你的脸，香烟袅袅上升
　　你没有脸对人，对我？

究竟那是什么人？一切变迁
皆从手指开始。伐木叮叮，想起
你的那些姿势，一个风暴便灌满了楼阁
疾风紧张而突兀

不在北边也不在南边
我们的甬道冷得酸心刺骨

你要是正缓缓向前行进
马匹悠懒，六根辔绳积满阴天
你要是正匆匆向前行进
马匹婉转，长鞭飞扬

二月开白花，你逃也逃不脱，你在哪儿休息
哪儿就被我守望着。你若告诉我
你的双臂怎样垂落，我就会告诉你
你将怎样再一次招手；你若告诉我
你看见什么东西正在消逝
我就会告诉你，你是哪一个

（《春秋来信》文化艺术出版社1998年）

柏　桦

望气的人

望气的人行色匆匆
登高远眺
眼中沉沉的暮霭
长出黄金、几何与宫殿

穷巷西风突变
一个英雄正动身去千里之外
望气的人看到了
他激动的草鞋和布衫

更远的山谷浑然
零落的钟声依稀可闻
两个儿童打扫着亭台
望气的人坐对空寂的傍晚

吉祥之云宽大
一个干枯的导师沉默

独自在吐火、炼丹
望气的人看穿了石头里的图案

乡间的日子风调雨顺
菜田一畦，流水一涧
这边青翠未改
望气的人已走上了另一座山巅

（《中国现代主义诗群大观1986—1988》
同济大学出版社1988年）

现实

这是温和，不是温和的修辞学
这是厌烦，厌烦本身

呵，前途、阅读、转身
一切都是慢的

长夜里，收割出并非出自必要
长夜里，速度应该省掉

而冬天也可能正是夏天

而鲁迅也可能正是林语堂

（《往事》河北教育出版社2002年）

衰老经

疲倦还疲倦得不够
人在过冬

一所房间外面
铁路黯淡的灯火，在远方

远方，远方人呕吐掉青春
并有趣地拿着绳子

啊，我得感谢你们
我认识了时光

但冬天并非替代短暂的夏日
但整整三周我陷在集体里

（《往事》河北教育出版社2002年）

肖开愚

北站

我感到我是一群人。
在老北站的天桥上，我身体里
有人开始争吵和议论，七嘴八舌。
我抽着烟，打量着火车站的废墟，
我想叫喊，嗓子里火辣辣的。

我感到我是一群人。
走在废弃的铁道上，踢着铁轨的卷锈，
哦，身体里拥挤不堪，好像有人上车，
有人下车，一辆火车迎面开来，
另一辆从我的身体里呼啸而出。

我感到我是一群人。
我走进一个空旷的房间，翻过一排栏杆，
在昔日的检票口，突然，我的身体里
空荡荡的。哦，这个候车厅里没有旅客了，
站着和坐着的都是模糊的影子。

我感到我是一群人。
在附近的弄堂里，在烟摊上，在公用电话旁，
他们像汗珠一样出来。他们蹲着，跳着，
堵在我的面前。他们戴着手表，穿着花格衬衣，
提着沉甸甸的箱子像是拿着气球。

我感到我是一群人。
在面店吃面的时候他们就在我的面前
围桌而坐。他们尖脸和方脸，哈哈大笑，他们有一点儿会计的
假正经。但是我饿极了。他们哼着旧电影的插曲，
跨入我的碗里。

我感到我是一群人。
但是他们聚成了一堆恐惧。我上公交车，
车就摇晃。进一个酒吧，里面停电。我只好步行
去虹口，外滩，广场，绕道回家。
我感到我的脚里有另外一双脚。

（《风中站立》大众文艺出版社2000年）

杨　克

我在一颗石榴里看见了我的祖国

我在一颗石榴里看见我的祖国
硕大而饱满的天地之果
它怀抱着亲密无间的子民
裸露的肌肤护着水晶的心
亿万儿女手牵着手
在枝头上酸酸甜甜微笑
多汁的秋天啊是临盆的孕妇
我想记住十月的每一扇窗户

我抚摸石榴内部微黄色的果膜
就是在抚摸我新鲜的祖国
我看见相邻的一个个省份
向阳的东部靠着背阴的西部
我看见头戴花冠的高原女儿
每一个的脸蛋儿都红扑扑
穿石榴裙的姐妹啊亭亭玉立

石榴花的嘴唇凝红欲滴

我还看见石榴的一道裂口
那些风餐露宿的兄弟
我至亲至爱的好兄弟啊
他们土黄色的坚硬背脊
忍受着龟裂土地的艰辛
每一根青筋都代表他们的苦
我发现他们的手掌非常耐看
我发现手掌的沟壑是无声的叫喊

痛楚喊醒了大片的叶子
它们沿着春风的诱惑疯长
主干以及许多枝干接受了感召
枝干又分蘖纵横交错的枝条
枝条上神采飞扬的花团锦簇
那雨水泼不灭它们的火焰
一朵一朵呀既重又轻
花蕾的风铃摇醒了黎明

太阳这头金毛雄狮还没有老
它已跳上树枝开始了舞蹈
我伫立在辉煌的梦想里
凝视每一棵朝向天空的石榴树
如同一个公民谦卑地弯腰

掏出一颗拳拳的心
丰韵的身子挂着满树的微笑

（原载《羊城晚报》2007年6月22日）

热带雨林

高高在上的那棵巨树不是雨林的统治者
它岂敢君临天下鄙夷万类
这里众生平等树与藤蔓恣肆汪洋
无数自由的绿手掌捧着阳光雨水
枝与叶纠缠不休，茎与杆纵长横生
树叠树藤牵藤绿色堆积如云像高大城堡
蕨类四处霸气蔓延，溪涧的兰草也不谦虚
几条叶片下，两只点水的蜻蜓
水中屈伸颠踬的孑孓
再卑微的生物都拼命抢占每一寸生存空间
亚马逊河流域和刚果河流域
还有马达加斯加岛东岸
这些植物部落是救命的药房
在云南的西双版纳
凤尾竹与阳光偏爱的地方
野象走过的脚步声，天边滚动一阵沉雷
我看见台地上两棵望天树靠得很近
以相拥的姿势并立，这对饱经沧桑的老夫妻

棕褐色的皮肤布满纵裂，鳞片块状剥落
大榕树气根从树干上悬垂下来
扎进土中，继续增粗，一木成林
各自又被大藤小藤纠结
身后藏着红光树悄悄伸来的手臂
还被藻类苔藓石斛地衣重重围困
植物们拥拥挤挤欢欢乐乐
肉豆蔻、四薮木、黄果木、胡桐、美登木、三尖杉
它们承接天上的水，吸收地下的水
本身也源源不断分泌水
黑冠长臂猿从这根藤条荡到那根藤条
犀鸟鸣叫响亮粗粝，马嘶一般
一只振羽开屏的蓝孔雀
像高傲的王子，裹着华丽的披风

（原载《人民文学》2018年第5期）

在商品中散步

在商品中散步　嘈嘈盈耳
生命本身也是一种消费
无数活动的人形
在光洁均匀的物体表面奔跑
脚的风暴　大时代的背景音乐
我心境光明　浑身散发吉祥

感官在享受中舒张
以纯银的触觉抚摸城市的高度
现代伊甸园　拜物的
神殿　我愿望的安慰之所
聆听福音　感谢生活的赐予
我的道路是必由的道路
我由此返回物质　回到人类的根
从另一个意义上重新进入人生
怀着虔诚和敬畏　祈祷
为新世纪加冕
黄金的雨水中　灵魂再度受洗

（原载《人民文学》1993年第1期）

汤养宗

纸张

一生的光阴，或许只有几次能真正到家。
在许多夜晚，那是谁？仍在纸张上
为一个人留着一扇门。

我身上准备了许多利器，我浑身地
摸出了各种铜匙，纸张仍旧关闭着。
一个书生穿纸而过，他准已大汗淋漓。

一个人与一张白纸之间没有确凿的距离。
我只能摸到它：光滑、洁白，却是无比的深渊。
一张纸里仿佛永远藏着另一张纸。

永远的问题是文字是否真的写进了一张纸。
像火被点燃后才发现那是假火。
当我书写，我常听到纸在笔尖发出了惊叫。

雪一样的纸张对于自己的命运总是歉意的。

在很随意的瞬间，它被涂上笔迹，
但有谁看见？这纸张已从书写者手下奔跑出来。

一张纸它只有一次薄薄的命。它面对着你：
神情悲悯而高贵。白纸太过无助
反使我觉得沮丧，像这一生再不能翻到第二页。

一张纸只为一个真正的书写者留着一扇门。
那人无比敬重地推了一下，门开了，
里头的人说："果然是你，进来吧！"

（原载《诗歌月刊》2002年第1期）

父亲与草

我父亲说草是除不完的
他在地里锄了一辈子草
他死后，草又在他坟头长了出来。

（原载《诗刊》2011年9月下半月刊）

一个人大摆宴席

一个人无事，就一个人大摆宴席，一个人举杯
对着门前上上下下的电梯，对着圣明的谁与倨傲的谁

向四面空气，自言，自语
不让明月，也决不让东风
头顶星光灿烂，那是多么遥远的一地鸡毛
我无群无党，长有第十一只指头
能随手从身体中摸出一个王，要他在对面空椅上坐下
要他喝下我让出的这一杯

（原载《人民文学》2010年第4期）

李　琦

白菊

1996年
岁月从一束白菊开始

每天，用清水与目光为它洗浴
贞洁的花朵
像一只静卧的鸟
它不飞走是因为它作为花
只能在枝头飞翔

从绽开之初我就担心
它打开自己的愿望那么热烈
单纯而热情一尘不染
它是否知道牺牲已经开始

我知道花朵也有骨骼
它柔弱却倔强地抒情
让人想起目光单纯的诗人

开放
这是谁也不能制止的愿望
从荣到枯
一生一句圣洁的遗言
一生一场精神的大雪

今夜我的白菊
像个睡着的孩子
自然松弛地垂下手臂
窗外　大雪纷飞
那是白菊另外的样子

（原载《诗刊》1999年3月号）

这就是时光

这就是时光
我似乎只做了三件事情
把书念完、把孩子养大、把自己变老
青春时代，我曾幻想着环游世界
如今，连我居住的省份
我都没有走完

所谓付出，也非常简单
汗水里的盐、泪水中的苦

还有笑容里的花朵
我和岁月彼此消费
账目基本清楚

有三件事情
还是没有太大的改变
对诗歌的热爱，对亲人的牵挂
还有，提起真理两个字
内心深处，那份忍不住的激动

（原载《诗刊》2011年2月上半月刊）

在彼得堡看《天鹅湖》

静静地坐进剧场
坐进了一片树林
隐隐有乐声传来
我闻到了湖水的气息

无法不热泪盈眶
多么好　这世界依然需要纯洁
纯洁的奥杰塔翩若惊鸿
正在用清冽的湖水洗浴

台上是天鹅的翅膀

是经典的正义和爱情
台下是安静的人群
长睫毛下
一双双温存漂亮的眼睛

这已是一种仪式
我们共同守卫着美好
剧场变成了神圣的家宅
肮脏和丑陋
无法迈进

俄罗斯物价飞涨
涅瓦河畔
却永远有
默默地　领着孩子
走向天鹅湖畔的母亲

（《最初的天空》春风文艺出版社1998年）

臧　棣

我喜爱蓝波的几个理由

他的名字里有蓝色的波浪，
奇异的爱恨交加，
但不伤人。浪漫起伏着，
噢，犹如一种光学现象。
至少，我喜欢这样的特例——
喜欢他们这样把他介绍过来。
他命定要出生在法国南部，
然后去巴黎，去布鲁塞尔，
去伦敦，去荒凉的非洲
寻找足够的沙子。
他们用水洗东西，而他
用成吨的沙子洗东西。
我理解这些，并喜爱
其中闪光的部分。
我不能确定，如果早生
一百年，我是否会认他作
诗歌上的兄弟。但我知道

我喜欢他，因为他说
每个人都是艺术家。
他使用的逻辑非常简单：
由于他是天才，他也在每个人身上
看到了天才。要么是潜在的，
要么是无名的。他的呼吁简洁
但听起来复杂：“什么？永恒。”
有趣的是，晚上睡觉时，
我偶尔会觉得他是在胡扯。
而早上醒来，沐浴在
晨光的清新中，我又意识到
他的确有先见之明。

（原载《发现》2003年第4期）

七日书（节选）

4

这是深夜：我们可以悄悄地
把炽热的白天喻为一座无畏的房屋
在室内，我们铺床扫地，沏茶倒水
一个干净的境界：像陶罐里的静谧
我们接受它的邀请，就像上帝
在创世纪接受泥土的邀请

不断尝试：在20世纪，唯一的奇迹就是尝试
我的爱，我们还得把灰尘
扫进体内，当爱情像战争那样发生
我们的皮肤必须像床单一样是刚洗过的
我们的肉身必须，或者最好
只归结为一张嘴，正如灵魂所
时常讥讽的那样。但正是这张嘴
拒绝反唇相讥，它更喜欢说：“门在哪儿？”

5

鸽子是白色的，它们正陷入盘旋
不可避免地，飞翔是白色的
白雪皑皑：那理应是我的思念在隆起
它的峰巅，正如你的乳房一样，是炫目的一片白色
某一刻，当我的灵魂像鸽子那样自如
我一定要让你明白
在地上我还没有把你爱够
我要把你爱得高过飘逸的白云
仿佛我们已融入湛蓝的天际
就像人们站在倔强的田埂上所望见的
或是相反，我把爱带到地下
那卓绝的位置将深至何处
亲爱的，只有上帝知道

我如何把你深思默想

（原载《诗刊》1991年4月号）

未名湖

虚拟的热情无法阻止它的封冻。
在冬天，它是北京的一座滑冰场，
一种不设防的公共场所，
向爱情的学院派习作敞开。

他们成双的躯体光滑，但仍然
比不上它。它是他们进入
生活前的最后一个幻想的句号，
有纯洁到无悔的气质。

它的四周有一些严肃的垂柳：
有的已绿荫密布，有的还不如
一年读过的书所累积的高度。
它是一面镜子，却不能被

挂在房间里。它是一种仪式中
盛满的器皿所溢出的汁液；据晚报
报道：对信仰的胃病有特殊的疗效。
它禁止游泳；尽管在附近，

书籍被比喻成海洋。毋庸讳言
它是一片狭窄的水域，并因此缩短了
彼岸和此岸的距离。从远方传来的
声响，听上去像湖对岸的低年级女生

用她的大舌头朗诵不朽的雪莱。
它是我们时代的变形记的扉页插图：
犹如正视某些问题的一只独眼，
另一只为穷尽繁琐的知识已经失明。

（原载《诗刊》2013年2月号上半月刊）

西　渡

为大海而写的一支探戈

海风吹拂窗帘的静脉，天空的玫瑰
梦想打磨时光的镜片，我看见大海
的脚爪，从正午的镜子中倒立而出
把夏天的银器卷入狂暴的海水

你呵，你的孤独被大海侵犯，你梦中的鱼群
被大海驱赶。河流退向河汊
大海却从未把你放过，青铜铠甲的武士
海浪将你锻打，你头顶上绿火焰焚烧

而一面单数的旗帜被目击，离开复数的旗帜
在天空中独自展开，在一个人的头脑中
留下大海的芭蕾之舞，把脚尖踮起
你就会看见被蔑视的思想的高度

大海的乌贼释放出多疑的乌云
直升机降下暴雨闪亮的起落架

我阅读哲学的天空，诗歌的大海
一本书被放大到无限，押上波浪的韵脚

早上的暴风雨从海上带来
凉爽的气息，仍未从厨房的窗台上消失
在重要的时刻你不能出门，这是来自
暴风雨的告诫，和大海的愿望并不一致

通过上升的喷泉，海被传递到你的指尖
像马群一样狂野的海，飞奔中
被一根镀银的金属管勒住马头
黑铁的天空又倾倒出成吨的闪电

国家意志组织过奔腾的民意
夏天的大海却生了病。海水从街道上退去
暴露出成批蜂窝状的岩石和建筑
大海从树木退去，留下波浪的纹理

而星空选中在一个空虚的颅骨中飞翔
你打击一个人，就是抹去一片星空
帮助一个人，就是让思想得到生存的空间
当你从海滨抽身离去，一个夏天就此变得荒凉

（原载《诗刊》2015年6月下半月刊）

雪景中的柏拉图

在空旷的旷野中上下着，这盼望已久的安慰
在柏拉图的旅行中带来短暂的欢欣，就像
阿尔戈船从海上带回波塞冬寒冷的浪花
在他的头脑中，有更好的雪，中国的雪

在科林斯的天空下，和柏拉图骤然相遇
它从庭院的梅花带来问候，人们没有看见
因为人们不够孤单。它来自最高的信仰
这众神的使者，不会在阳光下羞怯地逃遁

更多的雪落下。这孤独的问候
没有人能够拒绝：它问候的是柏拉图的内心
背向阳光的树枝在那里已经悄悄生长多年
这问候还会在明天持续。还会持续多年。

在图书馆阴暗的天井里，这古代严峻的大师
眺望着逝者的星空，预见到两千年后
美洲的一场雪，一次火灾，以及我们
微不足道的爱情，预见到理想国的大厦在革命中倾覆

但现在时光已教会他沉默，柏拉图和他的雪
在书卷里继续生存，充满了智慧和善意
这时是否该我抚摸着理想国灰暗的封皮

当我深夜从地铁车站步行回家，遇见柏拉图的雪

它劫持着我的想象，在这春天将临的日子
太阳正在向双鱼座走近，这最后的和最早的问候
逼我倾向道德，直到它骤然停住：引导着两只
饥寒交加的麻雀，在我的头颅里寻找粮食

（原载《发现》1991年第2期）

港口

他回来了，带着他的百桨巨轮
那曾使希腊海岸大为惊异的
和爱情的虏获物，美丽的海伦
而她将使特洛伊的神祇惊叹
港口像星期天一样忙碌，船员们
彼此招呼着，把他们从墨涅拉俄斯
宫中运回的财宝，搬上亚洲的海岸

卡桑得拉，只有你一个人看见
那新人赤裸双脚，身披烈火
她黑色的裙子忍受海风的吹打
像盲目的蝙蝠。她走下舷梯
巨大的落日在她的肩上轰响着
沉入海水。紧接着，黑夜迅速

降临，那悲哀、恐惧、寒冷的夜

（《在夜晚的高原上　当代诗人十二家》
广西师范大学出版社2017年）

张曙光

1965年

那一年冬天，刚刚下过第一场雪
也是我记忆中的第一场雪
傍晚来得很早。在去电影院的路上
天已经完全黑了
我们绕过一个个雪堆，看着
行人朦胧的影子闪过——
黑暗使我们觉得好玩
那时还没有高压汞灯
装扮成淡蓝色的花朵，或是
一轮微红色的月亮
我们的肺里吸满茉莉花的香气
一种比茉莉花更为冷冽的香气
（没有人知道那是死亡的气息）
那一年电影院里上演着《人民战争胜利万岁》
在里面我们认识了仇恨和火
我们爱着《小兵张嘎》和《平原游击队》
我们用木制的大刀与手枪

演习着杀人的游戏
那一年，我十岁，弟弟五岁，妹妹三岁
我们的冰爬犁沿着陡坡危险地滑着
滑着。突然，我们的童年一下子终止
当时，望着外面的雪，我想，
林子里的动物一定在温暖的洞里冬眠
好度过一个漫长而寒冷的冬季
我是否真的这样想
现在已经无法记起

（《小丑的花格外衣》文化艺术出版社1998年）

岁月的遗照

我一次又一次看见你们，我青年时代的朋友
仍然活泼、乐观，开着近乎粗俗的玩笑
似乎岁月的魔法并没有施在你们的身上
或者从什么地方你们寻觅到不老的药方
而身后的那片树木、天空，也仍然保持着原来的
形状，没有一点儿改变，仿佛勇敢地抵御着时间
和时间带来的一切。哦，年轻的骑士们，我们
曾有过辉煌的时代，饮酒，追逐女人，或彻夜不眠
讨论一首诗或一篇小说。我们扮演过哈姆雷特
现在幻想着穿过荒原，寻找早已失落的圣杯
在校园黄昏的花坛前，追觅着艾略特寂寞的身影

那时我并不喜爱叶芝，也不了解洛厄尔或阿什贝利
当然也不认识你，只是每天在通向教室或食堂的小路上
看见你匆匆而过，神色庄重或忧郁
我曾为一个虚幻的影像发狂，欢呼着
春天，却被抛入更深的雪谷，直到心灵变得疲惫
那些老松鼠们有的死去，或牙齿脱落
只有偶尔发出气愤的尖叫，以证明它们的存在
我们已与父亲和解，或成了父亲，
或坠入生活更深的陷阱。而那一切真的存在
我们向往着的永远逝去的美好时光？或者
它们不过是一场幻梦，或我们在痛苦中进行的构想？
也许，我们只是些时间的见证，像这些旧照片
发黄、变脆，却包容着一些事件，人们
一度称之为历史，然而并不真实

（《午后的降雪》重庆大学出版社2011年）

尤利西斯

这是个譬喻问题。当一只破旧的木船
拼贴起风景和全部意义，椋鸟大批大批地
从寒冷的桅杆上空掠过，浪涛的声音
像抽水马桶哗哗地响着，使一整个上午

萎缩成一张白纸。有时，它像一个词

从遥远的海岸线显现，并逐渐接近我们
使黄昏的面影模糊而陌生
你无法揣度它们，有时它们被时间榨干

或融入整部历史。而我们的全部问题在于
我们能否重新翻回那一页
或从一片枯萎的玫瑰花瓣，重新
聚拢香气，追回美好的时日

我想象着老年的荷马，或詹姆士·乔伊斯
在词语的岛屿和激流间穿行寻找着巨人的城堡
是否听到塞壬的歌声？午夜我们走过
黑暗而肮脏的街道，从树叶和软体动物的

空隙，一支流行歌曲，燃亮
我们黯淡的生活，像生日蛋糕的蜡烛
我们的恐惧来自我们自己，最终我们将从情人回到妻子
冰冷而贞洁，那带有道德气味的历史

（《午后的降雪》重庆大学出版社2011年）

伊 沙

饿死诗人

那样轻松的　你们
开始复述农业
耕作的事宜以及
春来秋去
挥汗如雨　收获麦子
你们以为麦粒就是你们
为女人迸溅的泪滴吗
麦芒就像你们贴在腮帮上的
猪鬃般柔软吗
你们拥挤在流浪之路的那一年
北方的麦子自个儿长大了
它们挥舞着一弯弯
阳光之镰
割断麦秆　自己的脖子
割断与土地最后的联系
成全了你们
诗人们已经吃饱了

一望无边的麦田
在他们腹中香气弥漫
城市中最伟大的懒汉
做了诗歌中光荣的农夫
麦子　以阳光和雨水的名义
我呼吁：饿死他们
狗日的诗人
首先饿死我
一个用墨水污染土地的帮凶
一个艺术世界的杂种

（原载《诗刊》1993年8月号）

张常氏，你的保姆

我在一所外语学院任教
这你是知道的
我在我工作的地方
从不向教授们低头
这你也是知道的
我曾向一位老保姆致敬
闻名全校的张常氏
在我眼里
是一名真正的教授
系陕西省蓝田县下归乡农民

我一位同事的母亲
她的成就是
把一名美国专家的孩子
带了四年
并命名为狗蛋
那个金发碧眼
一把鼻涕的崽子
随其母离开中国时
满口地道秦腔
满脸中国农民式的
朴实与狡黠
真是可爱极了

（原载《诗刊》1999年9月号）

美好的早晨

“我种的草莓结果了”
妻的声音就像
拉开窗帘时
涌入的朝阳
我醒来了
还要在床头赖一阵儿
不为别的
只为用手机写两首诗

妻来到我面前
我说：“草莓呢？让我看看”
“我吃了” 妻淡然作答
仿佛这是一件平常事

（原载《诗刊》2016年9月号上半月刊）

大　解

百年之后

——致妻

百年之后　当我们退出生活
躲在匣子里　并排着依偎着
像新婚一样躺在一起
是多么安宁

百年之后　我们的儿子和女儿
也都死了　我们的朋友和仇人
也平息了恩怨
干净的云彩下面走动着新人

一想到这些　我的心
就像春风一样温暖轻松
一切都有了结果　我们不再担心
生活中的变故和伤害

聚散都已过去　缘分已定
百年之后我们就是灰尘

时间宽恕了我们　让我们安息
又一再地催促万物　重复我们的命运

（原载《诗刊》2004年1月号上半月刊）

说出

空气从山口冲出来，像一群疯子，
在奔跑和呼喊。恐慌和失控必有其缘由。
空气快要跑光了，
北方已经空虚，何人在此居住？

一个路过山口的人几乎要飘起来。
他不该穿风衣。他不该斜着身子，
横穿黄昏。

在空旷的原野，
他的出现，略显突然。

北方有大事，
我看见了，我该怎么办？

在我的经历中，曾经有过这样的一幕：
大风过后暮色降临，
一个人气喘吁吁找到我，

尚未开口，空气就堵住了他的嘴。
随后群星漂移，地球转动。

（《诗歌散记》四川文艺出版社2016年）

沈苇

向西

向西！一块红布、两盏灯笼带路
大玫瑰和向日葵起立迎接

向西！一群白羊从山顶滚落
如奢侈的祭品撤离桌台

向西！脸上昼夜交替
一半是冰，一半是火，中间是咬紧的牙

向西！沙漠傍依天山
像两页伤残的书简

向西！姑娘们骑上高高的白杨
留下美丽的尸骨，芬芳袭人

向西！坟茔的一只只乳房
瞄准了行走的风景

向西！众鸟高过大地
翅膀的金属叶片撒满山谷

向西！公马脱去皮肤、血液，骨头
留下一颗闪电的心脏

向西！寒风吹向无助的灵魂
那姗姗来迟的援军名叫虚空

向西！孤身上路，日月从口袋掏出
像两只最亮的眼睛

向西！鼓点咚咚，持续到天明
赴死的死亡迎向蜃楼奇观

向西！昆仑诸神举起荒路巨子
啜饮他并造就他

（原载《诗刊》1995年6月号）

欢迎

我欢迎风
吹走尘土，清洁我的路
我欢迎雨水

我已准备好一小块地、几把麦种
我欢迎日出
金色的犁轻轻划过我身体
使我疼痛并且喜悦
作为一名黄昏爱好者，我欢迎
紧接着来到的夜晚
它使我身心自由，充满想象
成为陌生而吃惊的另一个
我欢迎爱情
因为最好的诗篇属于女性的耳朵
但新的爱情要向旧的爱情致歉
我欢迎四季，特别是冬天
思想在寒冷中结晶
灵魂在受难中坚硬
我欢迎大海上漂来的帆
（它来自一个人的童年）
虽然落日孤烟的大漠才是最后的栖息地
我欢迎全部的命运
这神奇的不可捉摸的命运
这忙碌的永不停息的命运
像水蛭，我牢牢吸住它的身体
直到把它变成自己的一部分
哦，我欢迎我的一生

这残缺中渐渐来到的圆满

（原载《星星》1998年第4期）

楼兰美女

死亡是一种隐私
我们却将她公布于众
死亡是一种尊严
我们却在她身边溜达
嘀嘀咕咕，指指点点

如果我能代表盗墓贼
考古队员和博物馆
那么，我将请求她的原谅
原谅人类这点
胆怯而悲哀的好奇心

我无法揣度她的美貌
也不能说，她仅仅是一具木乃伊
如果我有一辆奇幻马车
就将她送回沙漠，送回罗布泊
在塔克拉玛干这个伟大的墓地
让她安息，再也不受
人类的惊扰和冒犯

死亡是她的故乡，她的栖息地
我们岂能让她死后流落他乡？
岂能让美丽的亡灵继续受苦？

她的无言就是告白
她的微笑使我敬畏
因为我知道，她精通死
胜过我们理解生

（原载《诗刊》2010年9月号下半月刊）

杨 键

在桥上

一对恋人像两首老歌，
相依在古桥头上。
“我喜爱柳树谦逊，
雍容华贵的枝条……
远方苦行僧一样的江水，
没有语言能与它相称。
我想，是我心中长年的哀叹
毁了江水在这里的浩瀚，
像逆子把慈母抛弃。
一阵冷风，一阵乌云
是我们反反复复的病痛。
我们的爱永久，悲哀亦永久……”
像两首老歌，
心底的苦水使他们紧抱，
像要把各自吞下。

（《古桥头》上海文化出版社2007年）

暮晚

马儿在草棚里踢着树桩，
鱼儿在篮子里蹦跳，
狗儿在院子里吠叫，
他们是多么爱惜自己，
但这正是痛苦的根源，
像月亮一样清晰，
像江水一样奔流不止……

（《暮晚》河北教育出版社2003年）

在乡村

我要写一写她家河边的杨柳，
写一写她弯腰在菜地里的样子，
写一写她家堂屋里的小板凳，
她家的鸭子。

乡村啊，
就像一头驴子，
一根绳子就把它留在了树桩上，
摇着尾巴。

在它的眼里，
万物的寒霜，

消化得多么好啊，
忠厚、无言，还有温良……

（原载《星星》2006年1月号）

雷平阳

背着母亲上高山

背着母亲上高山，让她看看
她困顿了一生的地盘。真的，那只是
一块弹丸之地，在几株白杨树之间，
河是小河，路是小路，屋是小屋
命是小命。我是她的小儿子，小如虚空
像一张蚂蚁的脸，承受不了最小的闪电
我们站在高山之巅，顺着天空往下看
母亲没找到她刚栽下的那些青菜
我的焦虑则布满了白杨之外的空间
没有边际的小，扩散着，像古老的时光
一次次排练的恩怨，恒久而简单

（原载《诗刊》2003年11月号下半月刊）

亲人

我只爱我寄宿的云南，因为其他省

我都不爱；我只爱云南的昭通市
因为其他市我都不爱；我只爱昭通市的土城乡
因为其他乡我都不爱……
我的爱狭隘、偏执，像针尖上的蜂蜜
假如有一天我再不能继续下去
我会只爱我的亲人——这逐渐缩小的过程
耗尽了我的青春和悲悯

（《第二届华文青年诗人奖获奖作品》
漓江出版社2004年）

小学校

去年的时候它已是废墟。我从那儿经过
闻到了一股呛人的气味。那是夏天
断墙上长满了紫云英；破损的一个个
窗户上，有鸟粪，也有轻风在吹着
雨痕斑斑的描红纸。有几根断梁
倾靠着，朝天的端口长出了黑木耳
仿佛孩子们欢笑声的结晶……也算是奇迹吧
我画的一个板报还在，三十年了
抄录的文字中，还弥漫着火药的气息
而非童心！也许，我真是我小小的敌人
一直潜伏下来，直到今日。不过
我并不想责怪那些引领过我的思想

都是废墟了，用不着落井下石……

（原载《诗刊》2009年8月号下半月刊）

陈先发

前世

要逃，就干脆逃到蝴蝶的体内去
不必再咬着牙，打翻父母的阴谋和药汁
不必等到血都吐尽了。
要为敌，就干脆与整个人类为敌。
他哗地一下脱掉了蘸墨的青袍
脱掉了一层皮
脱掉了内心朝飞暮倦的长亭短亭。
脱掉了云和水
这情节确实令人震悚：他如此轻易地
又脱掉了自己的骨头！
我无限眷恋的最后一幕是：他们纵身一跃
在枝头等了亿年的蝴蝶浑身一颤
暗叫道：来了！
这一夜明月低于屋檐
碧溪潮生两岸

只有一句尚未忘记

她忍住百感交集的泪水
把左翅朝下压了压，往前一伸
说：梁兄，请了
请了——

（原载《星星》2006年第9期）

青蝙蝠

那些年我们在胸口刺青龙，青蝙蝠，没日没夜地
喝酒。到屠宰厂后门的江堤，看醉醺醺的落日。
江水生了锈地浑浊，浩大，震动心灵
夕光一抹，像上了《锁麟囊》铿锵的油彩。
去死吧，流水；去死吧，世界整肃的秩序。
我们喝着，闹着，等下一个落日平静地降临。它
平静地降临，在运矿石的铁驳船的后面，年复一年
眼睁睁地看着我们垮了。我们开始谈到了结局：
谁？第一个随它葬到江底；谁坚守到最后，孤零零地
一个，在江堤上。屠宰厂的后门改做了前门
而我们赞颂流逝的词，再也不敢说出了。
只默默地斟饮，看薄暮的蝙蝠翻飞
等着它把我们彻底地抹去。一个也不剩

（原载《星星》2006年第9期）

水

从一滴水中读尽百年沧桑

我苍凉的手势沉溺在水底
遥指着生命的每一种流向
波纹从前额飒然而过
一根手指
萦绕过一层空虚的内涵
体外我无限游走的一生
在绿意从心中退尽后
垂落到一枚安详的残叶上

逝者如水在水淡泊的姿态里
我们描绘着自己贫困的形象
从水的此岸抵达彼岸
要穿透一份原始的感情
我们都曾把它困在自己的掌上
靠着它维持心中的伤感

在心中触摸到一滴水终极的纯洁
我开始默认自己已死去多年

（原载《诗刊》1989年8月号）

张执浩

高原上的野花

我愿意为任何人生养如此众多的小美女
我愿意将我的祖国搬迁到
这里，在这里，我愿意
做一个永不愤世嫉俗的人
像那条来历不明的小溪
我愿意终日涕泪横流，以此表达
我真的愿意
做一个披头散发的老父亲

（原载《天涯》2007年第4期）

尾随一株白菜出城

在斤斤计较的人群中，我看中了
一株白菜，它脚趾间有新泥
它绿衫上有露水
我看中了它，然后，我买下了

这个缺斤短两的城市的早晨

白菜，你是怎样蹒跚而来的，仿佛
喘息未定的信使，带给我
关于土地、乡村和母亲的片言只语？

久未生活了，我一直在病。
我告诉自己，我仍然是从前的那位少年
只不过偶尔偏离了少年的梦境
而现在，我必须承认
对自己撒谎就是在对时间犯罪。

我抚摸着昂贵的新泥，想象你
在薄雾的早晨混迹于赶集的人群中的样子
你的爱耍小聪明的主人
当年，我也见识过我的父亲
怎样将沙子掺进谷粒，用农民的伎俩
对付城里人挑剔的眼睛

现在我可以原谅这一切了。
原谅那个把泥土带进我生活中的人
并且感激这株白菜所含的水分。
我看了看天色，决定尾随它出城。

（原载《星星》2001年第4期）

糖纸

我见过糖纸后面的小女孩
有一双甜蜜的大眼睛
我注意到这两颗糖：真诚和纯洁？

我为那些坐在阳光里吃糖的
孩子而欣慰。她们的甜蜜
是全人类的甜蜜
是一切劳动的总结
肯定，和赞美

镶嵌在生命中，像
星星深陷于我们崇拜的浩空
像岁月流尽我们的汗水，只留下
生活的原汁

我注意到糖纸后面的小女孩
在梦中长大成人
在甜蜜波及到的梦中
认识喜悦
认清甘蔗林里的亲人
认定糖纸上蜜蜂憩落的花蕊，就是
欢乐的故居

我在糖纸上写下你的名字：小女孩
并幻想一首终极的诗歌
替我生养全人类最美丽的女婴

（原载《诗潮》2008年10月号）

胡　弦

窗前

当我们在窗前交谈，我们相信，
有些事，只能在我们的交谈外发生。

我们相信，在我们目力不及的地方，
走动着陌生人。他们因为
过着一种我们无法望见的生活而摆脱了
窗口的限制。

当他们回望，我们是一群相框中的人，
而那空空、无人的窗口，
正是耗尽了眺望的窗口。

我们看到，城市的远端，
苍穹和群山拱起的脊背
像一个个问号：过于巨大的答案，
一直无法落进我们的生活中。

当我们在长长的旅行后归来，
嵌入窗口的风景，
再也无法从玻璃中取出。

（原载《星星》2017年8月上旬刊）

蝴蝶标本

——敏感的触须；
——玻璃下的飞行。

如此悠长的
瞬间：仿佛刚刚开始的软甲、鳞……

翅膀上的花纹，从未修改的预感。
内脏，更深的阴影。

——飞吧，
在比海水和落日还要孤独的南国。

你背部的宁静，
正把现在变成未来。

（原载《诗刊》2009年7月号下半月刊）

琥珀里的昆虫

它懂得了观察，以其之后的岁月。
当初的慌乱、恐惧，一种慢慢凝固的东西吸收了它们，
甚至吸走了它的死，使它看上去栩栩如生。
“你几乎是活的，”它对自己说，“除了
不能动，不能一点点老去，一切都和从前没有区别。”
它奇怪自己仍有新的想法，它谨慎地
把这些想法放在心底以免被吸走因为
它身体周围那绝对的平静不能
存放任何想法。
光把它的影子投到外面的世界如同投放某种欲望。
它的复眼知道无数欲望比如
总有一把梯子被放到它不能动的脚爪下。
那梯子明亮，但不可见，缓缓移动并把这
漫长的静止理解为一个瞬间。

（原载《燕赵诗刊》2013年第2期）

古　马

罗布林卡的落叶

罗布林卡只有一个僧人：秋风
罗布林卡只我一个俗人：秋风

用落叶交谈
一只觅食的灰鼠
像突然的楔子打进谈话之间
寂静，没有空隙

（原载《诗刊》2000年1月号）

倒淌河小镇

青稞换盐
银子换雪

走马换砖茶
刀子换手

血换亲
兄弟换命

石头换经
风换吼

鹰换马镫
身子换轻

大地返青
羊换的草呀

（原载《人民文学》2002年第9期）

青海的草

二月呵，马蹄轻些再轻些
别让积雪下的白骨误作千里之外的捣衣声

和岩石蹲在一起
三月的风也学会沉默

而四月的马背上
一朵爱唱歌的云散开青草的发辫

青青的阳光漂洗着灵魂的旧衣裳
蝴蝶干净又新鲜

蝴蝶蝴蝶
青海柔嫩的草尖上晾着地狱晒着天堂

（原载《诗刊》2000年1月号）

潘　维

苏小小墓前

一

年过四十，我放下责任，
向美做一个交代，
算是为灵魂押上一个韵脚，

也算是罪与罚。
一如月光
逆流在鲜活的湖山之间，
嘀嗒在无限的秒针里，

用它中年的苍白沉思
一抔小小的泥土。
那里面，层层收紧的黑暗在酿酒。

而逐渐浑圆、饱满的冬日，
停泊在麻雀冻僵的五脏内，

尚有磨难，也尚有一丝温暖。

雪片，冷笑着，掠过虚无，
落到西湖，我的婚床上。

二

现在苏堤一带已被寒冷梳理
桂花的门幽闭着，
忧郁的钉子也生着锈。

只有一个恋尸癖在你的墓前
越来越清晰，行为举止
清狂、艳俗。衣着，像婚礼。

他置身于精雕细琢的嗅觉，
如一个被悲剧抓住的鬼魂，

与风雪对峙着。
或许，他有足够的福分、才华，
能够穿透厚达千年的墓碑，
用民间风俗，大红大绿的娶你，

把风流玉质娶进春夏秋冬。
直到水一样新鲜的脸庞，

被柳风带走，
像世故带走憔悴的童女。

三

陪葬的钟声在西泠桥畔
撒下点点虚荣野火，
它曾一度诱惑我把帝王认作乡亲。

爱情将大赦天下，
也会赦免，一位整天
在风月中习剑，并得到孤独
太多纵容的丝绸才子。

当，断桥上的残雪
消融雷峰塔危险的眺望；

当，一座准备宴会的城市
把锚抛在轻烟里；

我并不在意裹紧人性的欲望，
踏着积雪，穿过被赞美、被诅咒的喜悦；
恍若初次找到一块稀有晶体，
在尘世的寂静深处，

在陪审团的眼睛里。

（原载《西湖》2005年第4期）

遗言

我将消失于江南的雨水中，
随着深秋的指挥棒，我的灵魂
银叉般满足，我将消失于一个萤火之夜。

不惊醒任何一片枫叶，不惊动厨房里
油腻的碗碟，更不打扰文字，
我将带走一个青涩的吻
和一位少女，她倚着门框
吐着烟，蔑视着天才。
她追随我消失于雨水中，如一对玉镯
做完了尘世的绿梦，在江南碎骨。

我一生的经历将结晶成一颗钻石，
镶嵌到那片广阔的透明上，
没有憎恨，没有恐惧，
只有一个悬念植下一棵银杏树，
因为那汁液，可以滋润乡村的肌肤。

我选择了太湖作我的眠床，

在万顷碧波下，我服从于一个传说，
我愿转化为一条紫色的巨龙。
在那个潮湿并且闪烁不定的黑夜，
爆竹响起，蒙尘已久的锣钹也焕然一新的
黑夜，稻草和相片用来取火的黑夜，
稀疏的家族根须般从四面八方赶来的黑夜，

我长着鳞，充满喜悦的生命，
消失于江南的雨水中。我将记起
一滴水，一片水，一条水和一口深井的孤寂，
以及沁脾的宁静。但时空为我树立的
那块无限风光的墓碑，雨水的墓碑，
可能悄悄地点燃你，如岁月点燃黎明的城池。

（原载《诗刊》2011年5月号上半月刊）

今夜，我请你睡觉

永远以来，光每天擦去镜上的灰尘，
水无数遍洗刷城镇，
但生活依旧很黑，
我依旧要过夜。
茫茫黑夜，必须通过睡眠才能穿越。

西湖请了宋词睡觉；

广阔请了塔克拉玛干沙漠睡觉；
月亮，邀请了嫦娥奔月；
死亡，编排了历史安魂曲；
非人道的爱情睡得比猪更香甜。

睡觉，如苦艾酒化平淡为灵感；
如肥料施入日历，抚平紊乱；
使阴阳和谐，让孤独强大；
一种被幸福所代表。

可没有人请我睡觉。
为什么？！为什么
在这比愚昧无知还弱小多倍的地球上，
居然没有人请我睡觉。
我，潘维，汉语的丧家犬，
是否只能对着全人类孤独地吠叫：
今夜，我请你睡觉。

（原载《诗林》2011年1月号）

李少君

傍晚

傍晚，吃饭了
我出去喊仍在林子里散步的父亲

夜色正一点一点地渗透
黑暗如墨汁在宣纸上蔓延
每喊一声，夜色就被推开推远一点点
喊声一停，夜色又围拢聚集了过来

我喊父亲的声音
在林子里久久回响
又在风中波纹般荡漾开来

父亲的应答声
使夜色明亮了一下

（原载《海拔》2010年第6期）

神降临的小站

三五间小木屋
　　泼溅出一两点灯火
我小如一只蚂蚁
今夜滞留在呼伦贝尔大草原中央
　　的一个无名小站
独自承受凛冽孤独但内心安宁
背后，站着猛虎般严酷的初冬寒夜
再背后，横着一条清晰而空旷的马路
再背后，是缓缓流淌的额尔古纳河
　　在黑暗中它亮如一道白光
再背后，是一望无际的简洁的白桦林
　　和枯寂明净的苍茫荒野
再背后，是低空静静闪烁的星星
　　和蓝茸茸的温柔的夜幕
再背后，是神居住的广大的北方

（原载《诗探索》2008年第2期）

我是有大海的人

从高山上下来的人
会觉得平地太平淡没有起伏

从草原上走来的人
会觉得城市太拥挤太过狭窄

从森林里出来的人
会觉得每条街道都缺乏内涵和深度

从大海上过来的人
会觉得每个地方都过于压抑和单调

我是有大海的人
我所经历过的一切你们永远不知道

我是有大海的人
我对很多事情的看法和你们不一样

海鸥踏浪，海鸥有自己的生活方式
沿着晨曦的路线，追逐蔚蓝的方向

巨鲸巡游，胸怀和视野若垂天之云
以云淡风轻的定力，赢得风平浪静

我是有大海的人
我的激情，是一阵自由的海上雄风
浩浩荡荡掠过这一个世界……

（原载《安徽文学》2018年第7期）

杜　涯

我记得那槐花飘落

我记得那槐花飘落
那些槐花从早到晚都在空中纷飞
整整几天了
每当我打开窗户，我便看见了
它们迅速消失的身影

那些低垂的槐树就在房前或者屋后
每次，当我从它们下面走过
槐花静悄悄地落着
我看到白色的花瓣落在地上
这时我感到这世界有多么寂寞
——特别是在无风的时候

我抬头望着繁花的树冠
那些低垂的花束正一个个
消失不见
这时我想，即使无风
槐花也会没日没夜地飘落

我想一定有一个人
要把它们带走

在后山，在倾斜的坡上
槐花已经落了三天
当我在暮春那温和的风中
跑到槐树下，并抬头仰望：
槐花，它们已在我到来之前
悄无声息地落尽了

（原载《诗歌报》月刊1996年12月号）

流经我们身边的这条大河

流经我们身边的这条大河
也曾流经去年
那时我们一个劲相爱，不懂得
外面的春天，桃花，流水
这一切究竟与什么相关？
现在我们就坐在它的旁边
看它怎样平静地带走桃花
沙子、水草、上午的时间
不，在它的外部我们总是
想不明白
甚至包括水面上波动的阳光

一叶载着放蜂人的家当的小船
那漂流的、孤独的
春天！

（原载《诗刊》1998年2月号）

高处

在从前，当我在清晨的熹光中醒来
树木翠绿，紧贴五月的山石
山榉和红桦树的光阴让小兽热爱
而在更高处，山崖陡峭，岩石排列
山峰已将庄严的影子印在青蓝的天空
很快，鸟声渐起，山谷明亮
群峰赛似壮丽，背面的天空
有如南风之家的巨大背景
我开始向高处攀登，五月的翠绿伴着我
一路闻听泉水，清风，鸟声
林木在远处森严，排列
并渐渐移向幽明的山谷
多少次我驻足，向森严和幽明里眺望
被它的绮丽、神秘和幻象诱惑
但我记着那高处：陡峭的山崖，巍峨的山峰
我记得幼年的经验，材料，芬芳，渴念
那是在五月，每当我向高处攀登
青春的荣耀的元素伴我同行

至爱者的面容在万物中隐现
当我望向高处：那万年无声，那缈蓝
在那里，时而触及星辰，满天星光垂挂
时而又峰峦明亮，孔雀的蓝衣铺展闪电
我知道，到达那高处还需要一段路程
而在我的脚下，年华已逝
两旁的树木迅速变换着季节
已然开花，俄而枯黄，继而落雪
许多的年岁已无声逝去了
像星辰在远处悄然黯灭
我知道我必须抛弃一切的形式
抛弃具体、日常，一切的物质、重量、形态
不再关注榆树的概念，生活的意义
我必须和自然的广在一起
和事物的存在、本心一起
现在，那高处依然庄严着天空
树木的青翠又一年伴着我
我必须在远离尘世和欢庆的地方攀爬
不再受景物幽明变幻的诱惑
我必须赶在日暮之前到达
——赶在衰朽与消散之前
因为一切都已如黎明的曙光显现：
到达那里，是到达万有的精神
到达那里，是到达纯粹之乡

（《落日与朝霞》北岳文艺出版社2016年）

路　也

木梳

我带上一把木梳去看你
在年少轻狂的南风里
去那个有你的省，那座东经118度北纬32度的城。
我没有百宝箱，只有这把桃花心木梳子
梳理闲愁和微微的偏头疼。
在那里，我要你给我起个小名
依照那些遍种的植物来称呼我：
梅花、桂子、茉莉、枫杨或者菱角都行
她们是我的姐妹，前世的乡愁。
我们临水而居
身边的那条江叫扬子，那条河叫运河
还有一个叫瓜洲的渡口
我们在雕花木窗下
吃莼菜和鲈鱼，喝碧螺春与糯米酒
写出使洛阳纸贵的诗
在棋盘上谈论人生
用一把轻摇的丝绸扇子送走恩怨情仇。

我常常想就这样回到古代，进入水墨山水
过一种名叫沁园春或如梦令的幸福生活
我是你云鬟轻挽的娘子，你是我那断了仕途的官人。

（原载《星星》2005年第3期）

江心洲

给出十年时间
我们到江心洲上去安家
一个像首饰盒那样小巧精致的家

江心洲是一条大江的合页
江水在它的北边离别又在南端重逢
我们初来乍到，手拉着手
绕岛一周

在这里我称油菜花为姐姐芦蒿为妹妹
向猫和狗学习自由和单纯
一只蚕伏在桑叶上，那是它的祖国
在江南潮润的天空下
我还来得及生育
来得及像种植一畦豌豆那样
把儿女养大

把床安放在窗前
做爱时可以越过屋外的芦苇塘和水杉树
看见长江
远方来的货轮用笛声使我们的身体
摆脱地心引力

我们志向宏伟，赶得上这里的造船厂
把豪华想法藏在锈迹斑斑的劳作中
每天面对着一条大江居住
光住也能住成李白

我要改编一首歌来唱
歌名叫《我的家在江心洲上》
下面一句应当是“这里有我亲爱的某某”

（原载《诗刊》2004年8月号下半月刊）

我想去看你

用红笔标示出所有
能到达你的城市的车次和航班
我想去看你，我想

心在风里向西飘上几千里
中国的版图广大得多么奢侈

支撑得起最丰富的想象
这些铁路和航线
都是为我这次远行而修筑和开通的

我想去看你
我很贫穷
从今天开始要省吃俭用
攒足去你那里的盘缠

我是一个卑微的人
但你要像迎接文成公主一样
迎接我
在当年她驻足的地方
请为我接风洗尘
她西去的目的是和亲
我的目的是挑起一场温柔的战争

要选择一个好日子
海陆空畅通无阻
头脑保持最简单状态
行李就是我这个人
我要开小差
从灰黯的生活里悄悄溜走
我不会告诉任何人我去了哪里

我要去看你
看你一眼就回来
从此以后死心塌地
埋下头，继续孤孤单单
一天一天苟活下去

（原载《诗刊》2003年5月下半月号）

侯　马

一代人的集体无意识

一九八五年某一天
我们一位老师的孩子
从六楼的电梯间
一脚踏空
直摔到
地下机房

他的喊声
把远处教室里的我们
吓得面无人色

自此
这代人
坐电梯
总是冲在最前面
在门打开时

先看电梯在不在

（《精神病院的花园》河北教育出版社2003年）

清明悼念一桩杀人案的受害者

男人从乡下赶来
要把在城里打工的妻子
劝回家
妻子已另有相好
俩人吵翻了
大打出手
男的用菜刀
使劲剁
女的终于服软了
跪着说：
“我跟你回去。”
男人，望了一眼
快砍断的脖子说：
“来……不及了。”

（原载《山花》2014年4月号）

代销店

村里来梨了

我从家里拿了几枚鸡蛋
跟爷爷去代销店换梨
爷爷去村口尿一泡
等他回来
我已换完
站在代销店门口
我手里的鸡蛋变成了一颗梨
比一枚鸡蛋大不了多少
我记得那晚冷
记得爷爷沉默
他没想到只换到一个梨
他觉得我可能被欺负了
他可能后悔不该谋算让我吃梨
不该去尿尿
那只梨的下落我丝毫不记得了
梨子的味道
丝毫不记得了
生理的记忆没有
关于味道的判断也没有
记忆是个不公正的法官
总是判决失望、屈辱、落寞赢官司

（原载《诗刊》2016年7月号上半月刊）

桑　克

保持那颗敏感而沉郁的心灵

保持那颗敏感而沉郁的心灵
在容易使人变得苍白的节日降临的时辰
你所聆听的喜悦跟谎言早在多年以前就已结成芳邻
我们自然也不是那些给一两块鲜艳糖果
就能改变信仰的幼儿
那株北方墨绿的柏树
正是我们这些苍白的生命效仿的榜样
在我们暮年大雪纷飞的时日我们阅读古老的诗句
我们的心灵该是怎样的枝繁叶茂

（《中国新诗百年大典·第22卷》
长江文艺出版社2013年）

雪的教育

“在东北这么多年，
没见过干净的雪”

城市居民总这么沮丧。
在乡下，空地，或者森林的
树杈上，雪比矿泉水
更清洁，更有营养。
它甚至不是白的，而是
湛蓝，仿佛墨水瓶打翻
在熔炉里锻炼过一样
结实像石头，柔美像模特。
在空中的T型台上
招摇，而在山阴，它们
又比午睡的猫更安静。
风的爪子调皮地在它的脸上
留下细的纹路，它连一个身
也不会翻。而是静静地
搂着怀里的草芽。
或者我们童年时代的
记忆和几近失传的游戏。
在国防公路上，它被挤压
仿佛轮胎的模块儿。
把它的嘎吱声理解成呻吟
是荒谬的。它实际上
更像一种对强制的反抗。
而我，嘟嘟囔囔，也
正有这个意思。如果

这还算一种功绩，那是因为
我始终在它仁慈的教育下。

（《桑克诗选》长江文艺出版社2007年）

老虎砬子以南

本子上细腻的铅笔画
一瞬间活过来，当我戴着
茶绿色的眼镜。一切都那么肃穆
好像一截拷贝从活动的电影中剪下，静静地
挂在天空的幕墙上。每一个角色的眼神都那么相同
如果你没有仔细分辨它们细微的变化。
看待风景，看待阳光下的铁轨也是
这样的粗心，你还能看到什么？
一匹驽马在身后打了一个喷嚏，径自走了，
仿佛它经过的不是你——一个大活人，而是
一块石头。如果你动了一下，它或许也以为
那不过是一只偶尔在石头上休憩的苍蝇。
一只伤感的苍蝇，通常被认为是一只不合格的
苍蝇。在我的视野里，尽管天空的面积比城市的
大了许多，但是我的心门仍然被什么东西锁住了。
我叫不出它的芳名，只能咬着细碎的小牙含混地说：命运。
一群陆地鸥从头上飞过，寻找着含浆量高的麦田；

我在心里疾疾地狂走，妄想找一块伟大的板砖，把
枯萎的井填满，好让里面的
清泉溢出来，流过荒凉的农场。

（原载《诗刊》2003年11月号下半月刊）

树　才

尖

一棵柏树的梢是尖的
它的尖，来自它的生长

一根缝衣针是尖的
它一闪而过，不留痕迹

一座教堂的顶是尖的
它是人造，人爬不上去

我无法想象一片海洋
或一个湖泊的尖

海洋需要它自身的平阔
并让潮流无休止地涌动

孵生大鱼，小鱼，藻草……
吞灭船只，吐出火山岛……

人心啊，它惦记着极端
它望见天上星星的芒刺

星星的芒刺也是尖的
教堂的顶再尖也够不着

一颗星是另一个地球
一次极端是另一个远方

教堂的顶始终是尖的
那个远方始终抵达不了

（原载《诗刊》2001年4月号）

三环路上

三环路上我们巨大的时代正隆隆作响
三环路旁，我们
人类的小矮人，忙着把自己
往城市的每一个角落，搬运

我们望见远处高耸、突兀的钢铁手臂
拔除了旧楼，又把一幢新楼
栽到同一个大土坑里
一小块草坪：可怜

熬过冬天的树木和它们乱纷纷的头发
把我轰到一个杂物堆积的
四合院，那些鸽子只飞了
一小会儿，就进了医院

三环路上我们伟大的时代心跳在加速
三环路旁，我们
在每一个路口，夺路而逃
想躲到庇护我们的家门后

我们受不了暮色的重压更受不了家庭
像一个个气泡手指头一戳
就破，曲折的供水管道
锈蚀着我们的日常生活

有时三月的风把阳光吹洗得白晃晃的
我们幸福得几乎要虚脱
几乎平息了一切愁绪
因为大地如此干净

像我们身后留下的寂静

（原载《诗刊》2007年1月号下半月刊）

兰波墓前

1

墓地散发出墓地的味道
九点钟的风，树叶不安地翻动
麻雀叽叽喳喳，在沙地上觅食
墓地的大树上又飘下来一片叶子

走了这么长的路，终于来到
你的墓前。你和你妹妹葬在
同一个墓穴里。同母亲面对面
她生你，好让你满世界奔波

天空蓝得像大海悬挂在头顶
小城在扩大，生活变了样
这么宽阔的大街被星期天搬空
市中心的方形广场支满了帐篷

偶尔有鸟鸣在墓冢间一闪一闪
教堂的钟声因天空的空而温柔
一只甲壳虫，从我的脚边爬过
像我一样盲目，探索此生的生活

2

为何有这么多人集中在一起——
安息？为何独独给他献上一朵
小喇叭花？为何大铁门只敞开半扇？
为何狗屎和鲜花同时杂陈在墓碑前？

我早早起床，一路步行到这里
为了找你，我把脚步放得很轻
我把心跳尽可能压抑到平静
我走累了的脚得在你那里歇一歇

墓碑高高低低，小径曲折多变
让我想起沿途遭逢的人间生活
墓室有的塌陷，有的还在骄傲
好在墓前的十字架一律指向空无

还是活着的人可珍贵呵！还是
蚂蚁们爬得耐心！我同时观看
好几只蚂蚁在巴掌大的沙地上乱爬
怎么看都觉着它们爬不出墓地的围墙

3

在空空的墓前，我静心，坐着

我就坐在你身边那棵大树的树根上
我不明白钟声为什么敲了又敲
好像有人诞生，又像有人刚刚咽气

星期天，心和麻雀都不休息
休息属于告别了血肉的枯骨
但心和麻雀不歌唱，也不喊叫
甲壳虫多得染红了眼前的青草丛

老树根硌得我屁股疼，它恰恰
同庇荫你全家的树冠连成一体
一条大街把源头直推到这座公墓
大街两旁，出入和繁衍着男女

狗吠并不是城里出了什么大事
这从无到有的小城可以叫查理
兰波降生于此，一生都在逃避
岂料死后归来，故乡更加出名

4

一个小时过去了。我只看见
一位妇女开着车从门口经过
还有一辆小轿车，在大门前
停了一下，又掉转头，跑了

在这一小时里，我孤零零地
守着这偌大的静悄悄的公墓
我乐得沐浴阳光，倾听沙砾——
在麻雀的细爪下它们也会翻身

风啊你把太多的生活气息
吹刮到我的鼻孔里。公墓里
葬着兰波和他的家人，更多的
还是十六世纪以来的平凡居民

柏树象征什么？柏树只是柏树
椅子却结结实实地空着些什么
太阳晒得我渐渐有点发热
我想我得起身，走向人群

5

让我把这个句子写完！我将
回去，先回巴黎，再回北京
有一天还将回到我的下陈村
回到山和水、田埂和田埂之间

这已不是以诗人为骄傲的时代
钟声提示我：生活不在此地
墓地外的街道才流淌着生活

吵闹，商业，恋爱，妄想……

趁太阳未落，我用手抚摸
这洁白得有点苍白的墓碑
我再掐一朵别人栽种的
小红花，放到兰波的家门前

这柔黄的慰藉人心的天色
这些给生者以力量的先死者
安静的墓地一整天都这么安静
连我的到来我都觉得多余

（《节奏练习》长江文艺出版社2015年）

谷　禾

绝顶论

……众山之上，不再有
更高的存在
唯星空，白云，空虚，和厌倦
一种伟大的荒凉
所谓江河
不过泥丸。所谓古今，亦不过弹指间
你看那千仞悬崖，如刀砍斧劈
等待着英雄纵身一跃
从一张滴墨的宣纸上，那诗的落差
与你的短暂的晕眩
构成了古老汉语的神性
继续向上，一只鸟在暮色里
怀抱经书疾飞
再向上，就剩一颗秃头了
你唤之太空，唤之寰宇。偶尔也称之绝顶之人
——唯一的白发，飞流直下三千丈

（原载《人民文学》2018年第2期）

落在身上的雪

落在身上的雪
把我变成另一个人，变成雪人
像生命的痛苦把我变成痛苦的人
它忘了我已习惯了痛苦
它忘了这世上还有更多快乐的人
他们从不同的屋子里
看这些雪落下来
落在屋子与屋子，道路与道路
山河与山河之间
把世界变成雪世界
走在雪中的人，变成了一样的雪人
走哪儿都一身雪，好像这些人
一直是雪的一部分

（原载《山花》2019年第2期）

愧疚

从几只大鹅开始，灰色的
你的童年记忆。那时我在给学生上课
你在教室外的池塘边玩耍
从水中，看见自己荡漾的影子
几只大鹅从天而降，伸长脖子，嘎嘎乱叫

气汹汹地扑过来
你吓得大哭
退无可退，半个身子落进水里

“那一霎时，死亡的影子
寂静，弯曲在水底。周围没一个人……”
你坐在阳台上，看窗外阳光
在泛红的树叶间闪烁，“这时你赶来了
还有你的大巴掌，你总揍我，
没缘由的，像野蛮的暴君，带给我惊悸……”
你的眼泪流下来
恍如疼痛，又在身体里泛滥

我试图安慰你，一遍遍否认：“你缠在我怀抱里
从我肩头，从我的影子里
越走越远了
我的牵肠挂肚，总悬在心里——”

“……我还记得落叶的声音，在每一个黄昏
雨越下越大，万家灯火
和我的孤单，一起淹没在黑暗里。记忆呵——”
我知道的，它已深入你的骨髓
一如饥饿对我的唤醒
我也偶尔愧疚，忏悔，那时你离开许久了

——在城市的另一端

或者，在世界的每一个地方
空荡荡的阳台，你坐的地方，丝丝寒凉扩散开来

（原载《扬子江诗刊》2017年第5期）

娜　夜

合影

不是你！是你身体里消失的少年在搂着我
是他白衬衫下那颗骄傲而纯洁的心
写在日记里的爱情
掉在图书馆阶梯上的书

在搂着我！　是波罗的海弥漫的蔚蓝和波涛
被雨淋湿的落日　无顶教堂
隐秘的钟声

和祈祷……是我日渐衰竭的想象力所能企及的
那些美好事物的神圣之光

当我叹息　甚至是你身体里拒绝来到这个世界的
婴儿　他的哭声
——对生和死的双重蔑视
在搂着我

——这里　这叫作人世间的地方
孤独的人类
相互买卖
彼此忏悔

肉体的亲密并未使他们的精神相爱
这就是你写诗的理由？

一切艺术的源头……仿佛时间恢复了它的记忆
我看见我闭上的眼睛里
有一滴大海
在流淌

是它的波澜在搂着我……不是你
我拒绝的是这个时代
不是你和我

“无论我们谁先离开这个世界
对方都要写一首悼亡诗”

听我说：我来到这个世界就是为了向自己道歉的

（原载《诗刊》2014年4月号上半月刊）

没有比书房更好的去处

没有比书房更好的去处

猫咪享受着午睡
我享受着阅读带来的停顿

和书房里渐渐老去的人生

有时候　我也会读一本自己的书
都留在了纸上……

一些光留在了它的阴影里
另一些在它照亮的事物里

纸和笔
陡峭的内心与黎明前的霜……回答的
勇气
——只有这些时刻才是有价值的

我最好的诗篇都来自冬天的北方
最爱的人来自想象

（原载《星星》2014年5月上旬刊）

起风了

起风了我爱你芦苇
野茫茫的一片
顺着风

在这遥远的地方不需要
思想
只需要芦苇
顺着风

野茫茫的一片
像我们的爱，没有内容。

（原载《诗刊》2003年5月号下半月刊）

蓝 蓝

我是别的事物

我是我的花朵的果实。
我是我的春夏后的霜雪。
我是衰老的妇人和她昔日青春
全部的美丽。

我是别的事物。

我是我曾读过的书
靠过的墙壁　笔和梳子
和母亲的乳房和婴儿的小嘴
是一场风景后腐烂的树叶
——黑色的泥土

（原载《诗刊》2008年4月号下半月刊）

野葵花

野葵花到了秋天就要被
砍下头颅。
打她身边走过的人会突然
回头。天色已近黄昏，
她的脸，追随夕阳化为
金色的烟尘，
连同整个无边无际的夏天。

穿越谁？穿越荞麦花的天边？
为忧伤所掩盖的旧事，我
替谁又死了一次？

不真实的野葵花。不真实的
歌声。
扎疼我的胸膛的秋风的毒刺。

（原载《青年文学》2012年9月号上旬刊）

春夜

春夜，我就要是一堆金黄的草。
在铁路旁的场院
就要是熟睡的小虫的窠

还没离开过，我还没有爱过。

但在茫茫平原上
列车飞快地奔驰，汽笛声声
一片片遥远的嘴唇发出
紫色的低吟它唱着往事。

唱着路过的村庄
黑黝黝树林上空的红月亮
恍然睡去的旅人随着车轮晃动
这一垄青翠的庄稼在深夜飞奔！

它向前飞逝。我就要成为
夜里写下的字。就要
被留在空荡荡的铁轨旁
触到死亡的寒冷。
还没醒来过，我还没有呼救过。

（原载《诗刊》2006年4月号下半月刊）

朵　渔

日全食

医生走后，我决定爬起来
多日以来的肠炎，让我虚弱不堪
庭院清凉，穿过槐花的光线
像一阵小雨落下
一群鸡雏在柴草间追逐
几乎全部的家畜都出门了
只有我父亲赤裸着上身
在院子里挖土，一趟趟地
往田里运肥
汗水掉到粪堆里，焦躁挂在嘴角
和他面对，真是一种罪过。
他不行了白发覆盖了他，
不再似当年连夜往安徽贩大米，
把发情的小母牛按倒在田埂上。
他将铁锨扔向井台
拉开了栅栏门，在他身后
是一大片的田野和极少数的鸟群

整个村庄都保持着沉默
只有很小的阴影跟着他
那是谁投下的目光呢？
我抬头望天
一轮黑太阳，清脆、锋利，
逼迫我流下泪水

（原载《草地》2001年第5—6期合刊）

高原上

当狮子抖动全身的月光，漫步在
黄叶枯草间，我的泪流下来。并不是感动，
而是一种深深的惊恐
来自那个高度，那辉煌的色彩，忧郁的眼神
和孤傲的心。

（原载《天涯》2000年第6期）

写小诗让人发愁……

写小诗让人发愁，看水徒生烦恼
混世也不是件简单的事
无望的人练习杀人游戏
大哥们在灯下说闲愁，你一支笔

能做什么？写小诗
让人发愁，看水徒生烦恼
就那样在菜心里
虚无着，在树干里正直着
混世，混这时代夜色，太阳多余
且迂阔。

（原载《野草》2010年第3期）

江　非

傍晚的三种事物

在傍晚，我爱上鸽子，炊烟，和白玉兰。
我爱上鸽子的飞翔，炊烟的温暖
和心平气和的白玉兰
我爱上炊烟上升，鸽子临近家园
白玉兰还和往常一样
一身宁静站在我的门前
在夜色中，在平原的月亮升起之前
它们分别是：
一位老人对大地的三次眷恋
一个少年在空中的三次盘旋
和一个处女，对爱情的沉默寡言

（《独角戏》南方出版社2009年）

妈妈

妈妈，你见过地铁吗

妈妈，你见过电车吗
妈妈，你见过玛丽莲·梦露
她的照片吗
妈妈，你见过飞机
不是飞在天上的一只白雀
而是落在地上的十间大屋吗
你见过银行的点钞机
国家的印钞机
门前的小河一样
哗哗的点钱声和刷刷的印钞声吗
妈妈，你知道吗
地铁在地下
电车有辫子
梦露也是个女人她一生很少穿裤子吗
妈妈，今天你已经爬了两次山坡
妈妈，今天你已拾回了两捆柴火
天黑了，四十六岁了
你第三次背回的柴火
总是比前两次高得多

（原载《山东文学》2008年第2期）

平墩湖

今生，我注定要对这个村庄歌唱

歌唱它的泥土
歌唱它的月光
歌唱它的秋草枯败
蹄羽穿行的田间小路上
尘土飞扬，人丁兴旺

有一些事物
我已对邻居家的孩子说过了
我还要给那些草原上的孩子指出它们的光芒
我还要让非洲的孩子
非洲以北
欧洲的孩子
以及小姨家读幼儿园的孩子、表叔家上中学的孩子
看到它的乳房和悲伤

就是这个国度，就在这个村庄
多年前，我在那儿翻土种粮
如今，芳草萋萋，墓碑空望
人们怀念那些逝去的岁月啊
就把青草和泪水，放在我的前额上

（原载《诗刊》2008年4月号下半月刊）

徐　钺

梦的暗面

1

晚上十点钟我突然睡去，在
我的书桌上，在铺满信和蹄印的窗下
远处
送信的人正骑着天空醒来。

2

十点，没有雪，城市逼近
透视法在水泥的律令之间闪烁
闪烁。一座玻璃的矿。

3

我的住址挂在邮箱上
邮箱挂在暗中

紧闭的门因某种预感闭得更紧。

4

那落在地板上的过度失眠的隐喻突然
转动，像一架被遗忘的磨盘
压住光的谷粒。

5

你，年轻的另一半
在黑夜里记诵太阳的亚努斯。

6

时间做着名叫时间的演讲
星辰被空旷驱赶着从它们的棚中走出
试图
吃我窗上的粮食。

7

然而并没有一束谷粒熄灭，没有词
你是谁，稻草人。

8

没有一扇门被打开，被合上
你是真的睡去
还是在看我，和我做比拼忍耐的游戏？

9

梦的苍老的一面，我们两个
站在彼此身后，沉默，等待机会插队。

10

这是黑暗雄辩的时刻
我看你，我走进你充满疲惫的虚构
读你的唇和牙齿
煤的容颜在你我之间挺立。

11

你听到空间用自己做着乘法
你听到月亮遗失胎记，死遥远，你听
没有雪。没有雪。寂静。

12

晚上十点钟你突然睡去。

13

信里，豹的心脏在吞吃燕子
信里没有门，看不见的真实扑向我
黄金脱去细节
从经验的黑谷壳中冲出。

（《一月的使徒》漓江出版社2014年）

希望

她看上去就像是一堆烈焰的余烬，一块阴燃的煤，
你如果拨一拨它，它就会重新燃烧起来。
——约瑟夫·布罗茨基《娜杰日达·曼德尔施塔姆》

天赋的不朽，如天赋的诚实，不能使你
像历史一般长久沉睡于无人问津的旷野，或者
使你更长久地苏醒。它们更像是
树脂，金色的阴影，在橡木般倾覆的岁月中。

而我早已学习了黑暗，那迷人的质量。

我也学习了你的肺和喉管
学习在冻土中辨认你，——像帆
在倔强的船桅上，在盐中，辨认低沉的海的速度。

荷马，茂盛的沙滩，致命的战争和你源自希腊的爱情
我站在其中如三千年后来此寻觅玩具的孩子；
而它们是词，是半融化的冰片
我碰一碰，它们就从命运线的航道之中流走。

我已听到脂肪和靴子的声音。我要告诉你：奥维德
这里仍然叫作沃罗涅什，伟大的帝国
在黑色的水里吐露它的威严，而你肿胀的木头
正在它的内部，变得更黑。变成煤。

（《一月的使徒》漓江出版社2014年）

暗之书（或论历史）

1

此刻，梦和窗帘渐渐稀薄。风像岁月吹来
把燥热的申请陈述翻动。
熄了灯的屋里，一只蜘蛛缓缓撕着飞蛾的翅膀
你能听到时间被黑的手套递向另外一双。
星光的蝉在喧嚣。星期一和星期二过早苏醒。

被虫蛀过的被单探出你孩子的眼睛：
“您有天花吗，您有我妈妈的天花吗？
——我想，我弄丢了它。”

2

我的安静的妻子，我的安静的生活。我宁愿
我们曾在一起，而不是现在：
一只兔子披着果戈理的外套住在我的家里
计算它温顺的工龄。

而我的寿命：是谁算错了一个月，一年？
黑色辩护人的上方，以死人命名的星在鼓掌。
可爱的法官伪装成燕子
用嘴筑巢，啄我漏洞百出的屋顶。

3

曙光像狼群在城市的栅栏外徘徊。此刻
有人怀揣我所有的证件躺在我的床上，睁大
他的眼睛，害怕被人认错，或者
被粗枝大叶的时代抓走。

没有酒，只有昨天烧沸的水。工作。
我和我的狗坐在门前，守着被瞳孔瞪大的卧室。

当第一束光从门廊外射进，我们就站立
准备：将第二束和它捆在一起。

4

像强健的蜘蛛的劳作，身世缝补着自己。
不是过去，而是那些危险的尚未到来的命运
在阴影里呵气：黎明时分
那不管你意愿的、愈加稀薄的窗帘。

你不记得，我曾和你梦到同样的记忆。尽管
那被拔掉两扇翅膀的蛾子
也还在抗争：在某个纪录影片的第一幕里
变得缓慢，像一桩凶杀案的现场。像一次真相。

（原载《星星》2016年2月号上旬刊）

李　浩

岩层之歌

指针在我心脏里跳动：
她说她愿意在圆中，
通过高窗，眺望阿斯哈图
垂直的曙光，和独立的
冰石林。她说她愿意，
因为在心脏里，她可以回到
雪光　指引的黎明，并在白桦林，
花岗岩，和冰臼群，
看守的天空中，给地上
吃草的羊群，沉睡在岩石中的
火山写信。岩浆：上升，冷凝，剥蚀。
她说她愿意拥吻我，
以弯曲的胸针。她愿意。

（原载《雪莲》2015年第34期）

风暴

黑沉沉的，一团乌云下，打不开心愿。
就连风，带来的亘古之言，

也打不开。黑沉沉的，这团乌云，
走动在你我之中。道路上升起的荣耀，

似乎眼前的明天。窗台上的书籍，
于云中，积攒的沙土，总使少年的心，

像光一样，陷入茫茫、林间。而他的
田园空旷，空对着轰隆隆的海潮。

他们希望光辉，医治山脉，让身体醒来
追随那个死去的精神，进入风暴。

（《风暴》上海三联书店2014年）

冬天的诗

楼群在我眼前，它们并肩孤立着。
天空于它们中间，空出了一条
永久的狭道，任凭风雪穿梭。

我坐在窗前的阳光中，看着它们。
似乎一个入口。土地上丰收的
静物，从此、江水一般涌向我。

我闭上眼睛。下午是搬不动的，
一天可以是很多天。我脑中的
宇宙，是一只鸽子落在楼顶款步。

（原载《诗刊》2010年11月号下半月刊）

马骥文

春心

在玉兰与桃花林下，他
在他生命的搏动中天使般消耗
那些健壮、丰饶的人群
在你的周围划出一道温情的界限
关于美、尊严和正义
它们是存在的，真实而紧张
而你却总是显得孤零零
如一只迷失于罪感的山羊
在那些对称与弧度的身体上
泛出这个季节唯一而持久的色情
你，一个厌世的同情者
只钟情于它，在妄想内浅浅地上瘾
所有的事物都在助长着欲望
同时，又反对它
你的手臂、革命理想和爱
都在这青年的时代成为更高的疲倦
和死，难道你要否认吗？

“一种单方面的激情正在毁灭他”
你在种种繁花中卸下词语的铠甲
而后收获所有亲吻和泥土
在黛玉般忠实的凄美中
你与你的反光，正共同
沉醉于一次永恒般的离去和苏醒

（《唯一与感知者》中国青年出版社2017年）

请虎诗

只有瞬间属于我，我注视着它
——安德烈亚斯·格吕菲乌斯

拐进去，那个宽阔之夜
在明显与隐微中去寻找珍珠
怎样的清醒，漫长的爱
使这里遗体与圣物的存活成为你
青年的荣耀，你的心
啊，唯一的真实——那精神的火焰
在远处升起为昨日，隔着
来自人群永恒注视的神情
这不能抓紧的，星丛，和责任
成为又一次薄月下的可惜
连同那无法成全的友爱与革命

是的，对于你，剩余的
将不再有庆祝，却是回潮般的缺失
二十点，雨声与翅膀如约降落
泛着鲜红之咸，如天鹅的入梦
啊，你那平静之下一切的涌荡
新鲜，绝望，几近于天使
而什么是此刻？！
隐隐的，比山中的鼓声还要明亮？
所钟爱的，一次次如扑面之命——
是十八罗汉雄厉的喷涌之气
是那平生第一次听见的寒冷北风

（《唯一与感知者》中国青年出版社2017年）

图书在版编目 (CIP) 数据

中华人民共和国成立 70 周年优秀文学作品精选　诗歌卷 / 李少君，张德明主编 . — 北京 ：北京十月文艺出版社，2019.9

ISBN 978-7-5302-1952-2

Ⅰ . ①中⋯ Ⅱ . ①李⋯ ②张⋯ Ⅲ . ①中国文学—当代文学—作品综合集②诗集—中国—当代 Ⅳ . ① I217.1

中国版本图书馆 CIP 数据核字 (2019) 第 100371 号

中华人民共和国成立 70 周年优秀文学作品精选　诗歌卷
ZHONGHUA RENMIN GONGHEGUO CHENGLI 70 ZHOUNIAN
YOUXIU WENXUE ZUOPIN JINGXUAN　SHIGE JUAN
李少君　张德明　主编

出　　版　北京出版集团公司
　　　　　北京十月文艺出版社
地　　址　北京北三环中路 6 号
邮　　编　100120
网　　址　www.bph.com.cn
发　　行　新经典发行有限公司
　　　　　电话（010）68423599
经　　销　新华书店
印　　刷　固安县铭成印刷有限公司
版　　次　2019 年 9 月第 1 版
　　　　　2019 年 9 月第 1 次印刷
开　　本　880 毫米 ×1230 毫米　1/32
印　　张　12.25
字　　数　291 千字
书　　号　ISBN 978-7-5302-1952-2
定　　价　52.00 元
质量监督电话　010-58572393
如有印装质量问题，由本社负责调换。